集英社オレンジ文庫

ツギネ江戸奇譚

―藪のせがれと錠前屋―

佐倉ユミ

本書は書き下ろしです。

イラスト／鈴木次郎

ツギネ江戸奇譚

―藪のせがれと錠前屋―

ツギネ江戸奇譚

草むらに向かって名を呼ぶと、その男は思ったよりもだいぶ離れたところから、ひょこりと顔を出した。

「なんですかな」

いつの間にそんなところまで、と驚く由太郎《ゆたろう》を見て、元から細い目をさらに細めて笑う。子供じみたその顔に呆《あき》れながら、由太郎は、すぐ傍《そば》を流れる神田《かんだ》上水の音に負けぬように声を張り上げた。

「そっちはどうだ、いたか」

しかし声は届かないようで、にこにことするばかりの男に近付こうと、由太郎は腰まである草を掻《か》き分けて進んだ。足元から、初夏の陽光に温められた草いきれが立ち上る。辺りは草と土と水との匂いに満ちている。

「次嶺《つぎね》」と、もう一度名前を呼んで訊《き》く。

次嶺は草の中に立ち上がると、鳶《とび》色の手拭《てぬぐ》いを巻いた上から頭を掻いた。

「いやあ、おりませんなぁ」

緩くうねる癖のある髪は一つに結わえているだけで、首を振るたび左右に揺れた。小袖《こそで》は派手な珊瑚《さんご》色で、女物だ。冬の間はこれに茶緑《ちゃみどり》色の羽織を着ていて、まるで桜餅《もち》のようだった。だが餅のように丸くはなく、痩《や》せていて、一見すると頼りない。

「そうか」と答えて、由太郎は河原をぐるりと見回す。

神田上水の上流は崖に挟まれた急流だが、昌平橋《しょうへいばし》の下流まで来ると流れも少しは落ち着いて、水面《みなも》には魚が跳ね、鴨《かも》は葦《あし》の間をすいすいと泳いでいる。だが、目当ての生き物の気配はない。次嶺が言う。

「さんざん探しましたから、少し場所を変えてみますか？　蟇蛙《ひきがえる》なら、もっと池か何か、水の溜まったところにいるんじゃありませんかね。ここじゃ卵を産むには流れが速すぎましょう」

「池というと」

「上野《うえの》の不忍池《しのばずのいけ》か、神田のお玉ヶ池《たまがいけ》か。水溜まりでもようございますが、このところ雨が降っておりませんからな」

お玉ヶ池ならば由太郎の住む長屋からの方が近い。由太郎は思わず空を仰ぐ。

「とんだ無駄足だったな」

「なに、それもようございますよ。ここに蛙はいないとわかりました」

「すまん。お玉ヶ池へ行ってみるか」

草むらの外に置いていた荷物のところまで戻る。次嶺が年季の入った道具箱を背負うと、箱の外にぶら下げられた蝶番《ちょうつがい》の束がじゃらじゃらと鳴った。次嶺は錠前屋《じょうまえや》だ。道具箱の引き出しには鍵や錠前や、道具の類《たぐい》がいっぱいに入っていて、次嶺はそれを背負って町を歩き回り、錠前や蝶番を直して暮らしている。

一方の由太郎はといえば、今は名乗れるような仕事はしていないが、これから始めることに蟇蛙が必要で、次嶺に付き合ってもらって集めていたところだ。

黒の細い縞《しま》の小袖の胸元をぴしりと正し、長く伸ばしたまま高いところで結った、髷《まげ》とも呼べない髪を払うと、由太郎は大きな空の壺《つぼ》を胸に抱える。

「そんなに蛙を捕るおつもりだったので？」

脚絆《きゃはん》の上から草鞋《わらじ》の紐《ひも》を結び直して次嶺が言う。

「まあ、多い方がいいな」

答えて顔を上げると、次嶺がこちらを見てへらへらと笑っていた。

「なんだ？」

「いえ、壺を抱えていても相変わらずの二枚目ぶり。近頃は顔つきもよくなりました」

顔つきが明るくなったとは、長屋の者にも言われた。そう言われるたび、由太郎は以前の自分を思い出して情けなくなる。

「二枚目といっても、どうせ八百蔵《やおぞう》なんだろう」

　前に似ていると言われたことのある歌舞伎《かぶき》役者の名を出して、由太郎はごまかすように、目を逸《そ》らしてため息をついた。次嶺にまで言われるとは、以前はどれほど暗い顔をしていたのだろう。

「市川《いちかわ》八百蔵では不満ですか」

「不満はないが、次嶺が言うのは二代目だろう。なぜそんな古い役者なんだ。どうせなら幸四郎《こうしろう》とか」

「おや、図々《ずうずう》しい。幸四郎と呼ぶには鼻が低いでしょうに」

　ずばりと言われてしまえばぐうの音《ね》も出ない。さすがに「鼻高幸四郎」と競うには分が悪かったかと、思わず自分の鼻をさする。

「しかし、蟇蛙が薬になるとは知りませんでしたなぁ」

「蟾酥《センソ》という。蟇蛙の肌から出るねばねばとした白い液、あれを集めて乾かしたもののことだ」

「ははあ。ガマの油、というやつですか」

「本来は大陸の蝦蟇《がま》から作り、出来上がったものが船で入ってくるのだが、そんな高い代物をしょっちゅう買う金はないからな。日本のもので代わりになるか試してみる」

「なるほど、薬には金がかかるのですな」

土手を登って上流の昌平橋を渡り、川沿いをまた下流へ、東へと歩いていく。次嶺の道具箱に下げられた蝶番が、歩くたびにじゃらじゃらと鳴る。

「かかるのは金だけではない」

「と言いますと?」

「蟇蛙から集めた液は、皿に平たく伸ばして乾かして、薬として使えるようになるまで二年かかる」

「なんとまあ、気の長い」

うんざりしたように空を見上げた次嶺につられて目をやると、夏に向けて青みを増した、清々《すがすが》しい空が広がっていた。風は青葉の匂いを運んでくる。

「なに、それくらいはたいしたことではないさ。これから医者をやろうというんだ。やるからには、できないことはない方がいい。薬のこともよく知っておかねば。きちんとした医者になろうと思うならな」

次嶺は笑って聞いている。由太郎の言葉が次嶺に向けられたものではなく、由太郎自身への戒《いまし》めとして紡《つむ》がれたことに、まるで気付いているかのようだ。

「それで、蟾酥《センソ》というのは何に効くのですか」

「心の臓に効くし、気付け薬にもなる。蟾酥《センソ》は乾ききって固まると外側は黒くなるが、中は琥珀《こはく》色でな。削ったり砕いたりして、煎《せん》じて飲むんだ」

うへぇ、と次嶺が首を振る。

「いくら病が治ると言われても、ガマの油を煎じて飲む気にはなれませんな。人の爪の垢《あか》の方がマシというもの」

「それで病が治ればな」

そんなことを話しながら歩いていると、じきに桜の木に囲まれた美しい池が見えてきた。お玉稲荷《たまいなり》の見守るこの池の周りには、学者や文人墨客《ぼっかく》が好んで住み着くため、商人の声の飛び交う日本橋《にほんばし》などに比べればかなりひっそりとしている。

「ああ、ここならいるな」

「そのようで」

すでにいびきのような鳴き声が、あちこちから聞こえている。二人は荷物を置くと、池をぐるりと囲む草むらへと下りた。

やはり初めからこちらへ来るべきだったようだ。一刻も経《た》たないうちに、壺は蛙でいっぱいになった。互いに重なり、ぬるりとひしめき合う茶色の塊《かたまり》を覗《のぞ》き込み、次嶺はめずらしく眉間《みけん》にしわを寄せ、口元を引きつらせる。

「地獄《じごく》絵図でございますな」

「二十匹は捕ったからな」

「怖がりでしょうに、こういうのは平気なんですか」

「薬を怖がって医者がやれるか」

次嶺はあんなにおかしな顔をしたのに、少しするとまた壺の中を覗く。そしてまた嫌そうに顔を歪《ゆが》める。その様子を見ていた近所の子供たちが集まってきて、代わりばんこに壺を覗いては、次嶺の顔真似《まね》をしたり、蛙をつついて笑ったりした。

「こらこら、おもちゃじゃないんだ」

そう言って子供らを追い払うと、蓋《ふた》をした壺を抱え、由太郎は池のほとりの岩に腰を下ろした。

「さて、どうやってガマの油をとるか」

「おや、考えていなかったので?」

己の段取りの悪さに、由太郎は頭を掻いた。

「すっかり忘れていた」

隣に腰を下ろした次嶺が言う。

「ガマの油売りの口上では、鏡の箱にガマを入れると、鏡の己と睨《にら》み合ってだらだらと油汗を流す、と言いますがね」

「あれはただの口上だ。薬を採《と》るのにそんな悠長なことをするものか。あれでは気の強い蛙からはいつまでも油が採れない」

「それでは、ぎゅっと握ってみてはどうです。染み出すんじゃありませんか」

次嶺は両手で蟇蛙を握り込む仕草をする。油が染み出たとして、それをやるのはさすがに気味が悪いし、蟇蛙にも気の毒だ。などと壺を抱えたまま考えていると、中で蛙が飛び跳ねたらしく、壺が揺れた。蓋を開けて覗くと、蛙の山の一番上で、ふてぶてしい顔の蛙が由太郎を睨んでいた。

鏡の箱に入れても油を流さぬ奴とはこういう奴に違いないと、苦笑いして顔を上げる。

「ん？　次嶺？」

次嶺の姿がない。つい先ほどまで隣にいたはずなのだが。またか、と由太郎は内心ため息をつき、辺りを見回した。

まったく、今度はどこへ行ったのか。いつも気付くといなくなっていて、気付かないうちにまた傍にいる。もう慣れたとはいえ、前触れなく姿を消されるこちらの身にもなってほしいものだ。

立ち上がり、池の周囲を歩きながら見回すと、次嶺は池の傍のこぢんまりとした一軒家の前で、何やら中を窺《うかが》っていた。いつの間にか、背から下ろして傍に置いていたはずの道具箱まで背負っている。道具箱から下げられた蝶番の束は歩くだけでもがちゃがちゃとやかましく鳴るのだが、こちらが次嶺を探しているときには決まって鳴らない。まるで持ち主の意を汲《く》んでいるかのようだ。

「次嶺？　何をしてるんだ」

次嶺の覗き込んでいる家は戸も壁も竹垣も色褪《あ》せてぼろぼろで、あばら家と呼ぶに相応《ふさわ》しい見た目だった。もう長いこと誰も住んでいないようだ。次嶺は何を気にしているのだろう。

振り向いた次嶺は、妖《あや》しい笑みを浮かべて家を指差す。

「おもしろいものをご覧に入れましょうか」

「おもしろいもの？」

次嶺は竹垣をひらりと飛び越えて庭へ下り立つと、がたがたと戸を開けて中に入っていく。

「あ、おい次嶺」

一度追い払った子供たちが、声を聞きつけてまたわらわらと集まってきた。口々に、何があるのと楽しそうに言う。次嶺は戸口から顔を出すと、今度はお玉ヶ池を指した。

「由太郎殿もみんなも、どうぞあちらにいてください。よく見えますよ」

笑ったまま、わずかに開いた目の色は黒く、濁《にご》った池の水のように底知れない。

「次嶺」

「ああ、家の中には入らない方がいいですよ。人の抜け殻《がら》があるやもしれませぬ」

次嶺の言い様に、背筋がうすら寒くなる。

つまり、この家に人の骸《むくろ》があるということか。

由太郎は寺子屋の師匠《ししょう》のようになって、子供たちを連れてぞろぞろとお玉ヶ池へ戻ると、注意深く風の匂いを嗅《か》いだ。風に不穏な匂いは混じっていないが、それでも次嶺があると言うのなら、あるのかもしれない。人の骸が。

次嶺は何をしようというのだろう。子供たちを逃がさないということは、危ないことではないらしい。何が起こるのかと、子供たちは胸を躍《おど》らせてあばら家を見つめている。

しばらく家を眺めていると、それは突然起こった。

何かがあばら家の屋根をすり抜けて、空へ、ぽんと飛び出したのだ。

それは犬のような顔に、臙脂《えんじ》色の翼と脚《あし》とを持った怪鳥であった。怪鳥は炎に包まれて、お玉ヶ池の上をゆっくりと飛んでいた。犬に似た長い口を開けると、並んだ牙と長い舌とが見える。だがそのおぞましい見た目に反し、顔は笑っているようだった。

最初は驚いて言葉を失《な》くしていた子供たちも、怪鳥が笑っていることに気付くと、つられたかのように怪鳥を指差して笑い始めた。やがて体の大きな男の子が棒きれを持ち、追いかけようと言うと、ほかの子らもあとに続いて池の周りを駆けていく。

怪鳥は緩やかに羽ばたきながら、空の高いところへと、人の歩くような速さで上がっていく。臙脂色の体を包む炎は赤黒く、それを見ていると、由太郎は胸が締めつけられるような気がして、子供たちほどには笑えなかった。

じゃらりと音がして、見ると、いつの間にか次嶺が隣に立っていた。風に髪を揺らして、怪鳥の浮かぶ空を見ている。

「次嶺、あれはなんだ?」

「ふらり火《び》というものでございますよ」

ふらり火、と由太郎は小さく呟《つぶや》く。

「供養されなかった亡者のなれの果てだと言われておりますが、本当のところはどうなのかわかりませぬ」

「あの家にいたのか」

「ええ、奥の座敷に。ああ、骸はなかったのですがね。満足のいくように供養されなかったのかもしれません。それか、床下にでも埋められているか。掘ってみますか？」

「いや、いい」

そう答えると、次嶺は目を細めて笑った。

次嶺が見つけたとき、怪鳥はぼろぼろの畳《たたみ》にうずくまり、神棚を見上げていたという。

あのような姿になっても、人の心が残っているのだろうか。何を思ってあの家にとどまり続けていたのだろう。

人でなくなった者たちの心の中を知る術《すべ》を、この世の者は持たない。次嶺から教わったことだ。

「亡者にはとても見えないな」

「そうですか」

「ああ、笑っている」

ふらり火は空を漂いながら、大きく裂けた口を広げていた。言葉を持たぬ笑い声は、羽ばたきの音に混じって高く低く繰り返される。

「少し遊んでやりました」と、次嶺が言う。

「気に入ってもらえたようですな」

それからしばらく、二人とも黙ったままふらり火を見上げていた。町の人々も気付いて足を止めたが、大きな騒ぎにはならなかった。

「めずらしいもんが飛んでらぁ。屋根にでも上がって見るか」

「酒の仕度がすむまで飛んでてくれるかねぇ」

聞こえる会話もその程度だ。ここらに住んでいるのが文人墨客の変わり者ばかりだからというわけでもない。

江戸の町にはどこにでも人ならざる者がいて、中には人のすぐ傍まで平気でやってくる者もいるから、今さら驚くことではないのだ。ごくたまにいる、幽霊やら鬼やらの見えない野暮《やぼ》なやつが、なんだおめぇは見えねぇのかとからかわれる。それくらいのものだ。

そうだ、見える者はどこにでもいる。

だが遊べる者はそうはいない。由太郎の知る限り、次嶺ただ一人だ。

由太郎は腰を下ろし、蟇蛙の入った壺を脇に置いてふらり火を眺めていた。壺からは腹の鳴るような音がする。次嶺も道具箱を下ろし、それに浅く腰かける。蝶番の束がじゃらりと鳴る。

「しかし、よく燃えるな」と、由太郎は呟くように言った。

赤黒い炎は、怨念《おんねん》の火だろうか。翼だけでも飛べるだろうに、まるで炎で飛んでいるかのようだ。

「ここは蛙が多かったですからね」

答えた次嶺の言葉の意味を図りかね、由太郎が目をやると、次嶺はにこりと笑った。先ほどあばら家へ入っていったときの妖しい笑みとはまるで違う、のんびりとした顔で言う。

「ガマの油でよく燃えるのでしょう」

またそんな適当なことを、と言おうとしてやめた。次嶺はいつもこうだ。人ならざる者たちと遊ぶことができ、そのことでこちらが何か問えば、嘘《うそ》か本当か冗談かわからない、曖昧《あいまい》なことばかり言う。

それもそうだ。なにせ次嶺自身が、この世とあの世との狭間《はざま》に生きているのだから。

不思議な男だ。二つの世の狭間で、この錠前屋は鍵を開けて回っている。あのふらり火もきっと、遊ぶうちに鍵を開けられたのだろう。

だが次嶺と関わることで解き放たれるのは、何もふらり火のような人ならざる者だけではない。由太郎はそれを、身をもって知っている。

ふいに強い風が吹き、由太郎は思わず目を閉じた。風神が風袋《かざぶくろ》の口を解いたかと思うような風の通り過ぎたあと、あっ、という子供たちの叫び声に空へ目をやると、ふらり火は風に煽《あお》られ、お天道様《てんとう》の方へと飛ばされて、あっという間に小さくなっていった。今ではもう、ごま粒のようだ。

由太郎はその小さな点を目で追い続ける。
風に洗われたかのような青さの空に、由太郎は三月ばかり前のことを思い出していた。

一

上野山《うえの》のはるか上を、先ほどから一羽の鳶《とび》が輪を描いて飛んでいる。その笛の音のような鳴き声に、由太郎《ゆたろう》は医学書から目を上げた。葉の落ちた楓《かえで》の枝越しに鳶を見上げ、その背後に広がる空の青さに、まだかろうじて冬なのだと由太郎は思う。

あと半月もすれば桜の咲く頃で、日の当たるところは暖かいが、日陰には残り香のような冬の気配がある。こんな時期に外で地べたに座り込むものではない。くしゃみを一つして、由太郎は黒の袷羽織《あわせばおり》の前をきつく合わせた。

総髪《そうはつ》に結った長い髪を、茶色の襟巻《えりまき》の上から首にぐるりと巻きつける。髪を伸ばしてわかった。髪というのは思いのほか温かい。だが、今さら首を温めてもどうにもならないほど、体にはとうに土の冷たさが染みていた。

「ああだめだ、寒い。これはまずいな」

声に出すとどこか間抜けだ。由太郎は箒《ほうき》の掃き跡のような雲を眺めて鼻をすする。薄い雲でも空との境がはっきりとわかる。春の空ならばもっとぼんやりと白い。

視線を下ろせば上野山の南、足元に広がる不忍池《しのばずのいけ》の向こうには、江戸の町並みと江戸城とが見える。塀に囲まれた大きな屋敷は、藩主《はんしゅ》たちの上屋敷だ。それに比べて町人地の、家々の小さなこと。まるで伏せたお猪口《ちょこ》だ。お猪口同士が肩を寄せ合って町をつくっている。

由太郎は、ふう、と一つ息を吐いた。静かだ。時折遠くから微《かす》かに聞こえる鐘の音や、ざわめきのような人々の声のほかは、鳶の鳴き声くらいしか聞こえない。

上野山はそのすべてが東叡山寛永寺《とうえいざんかんえいじ》の境内《けいだい》だ。かつて天海大僧正《てんかいだいそうじょう》が、江戸城の北東、鬼門《きもん》にあたるところに建立《こんりゅう》した由緒正しい寺で、長きにわたって徳川《とくがわ》家を守り続けている。

通称黒門と呼ばれる南東の門から入って上野山を北へと上り、文殊楼《もんじゅろう》を通り抜け、法華《ほっけ》堂《どう》と常行堂《じょうぎょうどう》とに架かる朱塗りの橋の下をくぐれば、ようやく根本中堂《こんぽんちゅうどう》へと到る。根本中堂ももちろん見事だが、圧巻なのはそれを中心に山中にぐるりと配置された数多《あまた》の伽藍《がらん》だ。その数三十六。中には五重の塔まであり、参拝客は絶えない。

由太郎が今いるのは、上野山の西南に位置する寒松院《かんしょういん》の裏から山へと分け入り、少し登ったところだ。近頃見つけた静かなこの場所を、由太郎は気に入っていた。ここも寛永寺の敷地には変わりないから、見つかればただでは済まないだろうが、辺りの木々に手入れの行き届いていないのを見れば、普段から人の立ち入りがないというのはよくわかる。桜も松も枝は不格好にあちこちに伸び、冬を越す松の幹には、菰《こも》すら巻かれていないのである。

寒さを堪《こら》えつつ、由太郎は開いたままの医学書にまた目を落とす。

こうして学問を続けていれば、いつかは医者になれるだろうか。

家から持ち出してきた医学書を開くたび、その問いが由太郎の頭を過《よぎ》る。由太郎は今年で十九になった。

「ごらんよ、あれが噂《うわさ》の美男子だ」

町を歩けばそんな声が耳に入る。若い頃は小町と呼ばれた母に似て、顔の造りは整っていた。そこまではいい。

「ああ、あれが噂の藪《やぶ》医者のせがれかい」

耳の奥を刺すように、雑踏の中でその言葉だけがはっきりと聞こえる。

「きれいな顔してんのにもったいないねぇ。藪の息子じゃ嫁のなり手もおらんだろう」

由太郎は眉をひそめる。うるさい余計なお世話だと、怒鳴ってやりたいのはやまやまだが、怒鳴ったところでどうにもならない。親が藪医者なのは本当だ。

鷹原白遼《たかはらはくりょう》。昔は名医と呼ばれた医者の名だ。

その息子にできるのは、父の名を聞くたびに眉を寄せることだけだった。眉間《みけん》に刻まれたしわは深くなるばかりだ。

江戸では、医者になるのに免状はいらない。誰でも医者だと名乗ればその日から医者になれる。だから藪医者も自然と多くはなるのだが、由太郎の父はそうではなかった。

鷹原家は曽祖父《そう》の代から医者の家系だ。父、白遼は若い頃、京で山脇東門《やまわきとうもん》の弟子《でし》に師事していた。山脇東門は、「すべての治療は根本を精査し、正しい筋道を解明してから投薬すべし」として、病の原因の追究を重視した医者であった。当然、その弟子に学んだ父もまた、病の原因を解明することを重視した。

由太郎が思うに、父はけして腕が悪いわけではない。ただ、人よりも生真面目《きまじめ》なのだ。病因の解明を重視するあまり、経過を見ようとして治療が後手に回っていた。由太郎が十歳くらいの頃、特にその傾向がひどい時期があり、立て続けに三人、手遅れで病人が死んだ。

医者に診《み》せずに手遅れになったならまだしも、医者にかかっていて手遅れになったのだ。藪医者だという噂はあっという間に広まり、訪ねてくる病人は目に見えて減った。

初めにそう呼ばれたのは、寺子屋だったか、死んだ病人の親からだったか。

いつしか「藪のせがれ」というのが由太郎のもう一つの名になった。

鳶は旋回《せんかい》を続けている。先ほどまでは箒で掃いた跡のようだと思った雲が、もう違うものに見えてきた。

擦り傷だな、あれは。転んだのか。軟膏《なんこう》がいる。

実家の裏手に住む家族の、よく転ぶ末っ子を思い出し、由太郎は目を閉じて笑うと、そのまま後ろに倒れ込んだ。医学書は腹の上に置く。古くなった紙の匂いと、枯れ葉と土の匂いに包まれる。

なぜ思い出すのだろう。もうあの子を診てやることもないのに。

「わわ、ごめんなすって。通りますよ！」

突然すぐ近くで聞こえた声に、由太郎は飛び起きた。顔の上に降ってくるほど間近にあった草鞋《わらじ》の底を、すんでのところで避ける。心臓が早鐘を打ったように鳴った。

由太郎の顔を踏みかけた男は足を止めもせず、肩越しにちらりと振り返る。

「おや、まるで二代目八百蔵《やおぞう》。ですがどうやら色悪《いろあく》。いや、失敬失敬」

開けているのかわからぬほど細い目をした男は、ふざけた調子で言うとすぐに前を向いて行ってしまった。由太郎はむっとして立ち上がる。

色悪とは、歌舞伎《かぶき》で二枚目だが性根が悪く、残忍な悪人の役を指す言葉だ。由太郎は思わず眉間のしわに触れた。これのせいだろうか。おまけに八百蔵とは古い。二代目市川《いちかわ》八百蔵は美男で知られた役者だが、何十年も前に死んでいる。

「誰が色悪で八百蔵だ」

由太郎は枯葉の上の医学書を拾い上げて呟《つぶや》いた。だが色悪呼ばわりされたことよりも、誰も来ないと思っていた場所へ踏み込まれたことの方が由太郎の気に障《さわ》った。

男は派手な珊瑚《さんご》色の小袖《こそで》の上から、緑がかった茶の羽織を着ていて、まるで桜餅《もち》のようだった。羽織の上からたすき掛けをし、股引《ももひき》には脚絆《きゃはん》を巻き、珊瑚色の小袖の裾《すそ》はからげて帯に挟んでいる。小袖は女物らしかった。帯にからげた裾の裏から、紅白梅《こうはくばい》の絵柄が透けている。頭には色褪《あ》せた鳶色の手拭《てぬぐ》いを巻き、髪は一つに括《くく》っているだけで、緩く波打った癖の強い髪が走るたびに揺れた。

前には何か大きなものを抱え、背中には四角い道具箱を背負っている。

道具箱の外側には蝶番《ちょうつがい》が束にしてぶら下げられており、揺れるたびにそれらがぶつかり合ったり、道具箱に当たったりして硬い音を立てている。箱はそこだけ傷だらけだ。はて、と由太郎は内心首を傾《かし》げた。男が歩くたび、がちゃがちゃという金物の当たる音がして、頭上の鳶の鳴き声よりもよほど耳につく。だというのに、男が近付いてくることにまるで気付かなかった。そこまでぼんやりしていたつもりもないのだが。

男は獣道《けものみち》すらない山肌を、木をよけ笹《ささ》を掻《か》き分け、躊躇《ちゅうちょ》なく上へ上へと登っていく。どこへ行くのだろう。この人の手の入っていない山の上に、何があるというのだろうか。不思議に思い、由太郎は男のあとを追うことにした。枯れ葉を踏み、硬い笹の茂みを掻き分けて追いかけると、男の向かった先にやがて見えてきたのは、小さな稲荷《いなり》の社《やしろ》だった。ぐるりと囲んだ木々が、社を守るかのように枝を伸ばしている。古びた朱の鳥居は色が剝げてくすみ、尖《とが》った顔の一対の狐《きつね》を守る石の社は、屋根を茶色く乾いた苔《こけ》に覆われていた。左右に立てられた幟《のぼり》だけが、奇妙なほどに鮮やかな赤だ。

「こんなところに」

由太郎は思わず声を漏らす。上野山には何度も来ているが、このような山深い場所に稲荷の社があるとは知らなかった。

男は鳥居の前で、抱えていたものをどんと下ろした。それは真新しい賽銭《さいせん》箱だった。木目の色合いのやわらかな白木で、蓋《ふた》にはすのこ状の隙間《すきま》が空いており、鉋《かんな》がけを終えたばかりの清々《すがすが》しい匂いがする。

次いで、男は背中の道具箱を下ろす。こちらはかなり古そうだ。鈍い音を立てて地面に下ろすと、男は首を回し、両の肩をさする。瘦軀《そうく》の男にはさぞ重いだろうと思ったが、不思議と男に頼りなさは感じなかった。

「上野にゃ昔っから稲荷は多いですがね」と、こちらに背を向けたまま、腕をぐるぐると回して男は言う。

「寛永寺を広げるたびに、みんなどかされてしまうんですよ」

「こんなところにまであるとは知らなんだ」

「この通り山の中ですから、寛永寺をここまで広げる意味もないんでしょう。この勾配《こうばい》じゃあ、伽藍も建ちませんし」

男は鳥居をくぐり、賽銭箱を社の前に置いた。それから道具箱の引き出しを開け、小さな鍵を一つ取り出す。賽銭箱の側面には引き出しがついており、引手の上の黒い雲型の金具は、飾りかと思ったがよく見ると鍵穴がついていた。男は鍵を鍵穴へ差し込むが、鍵は途中でつかえて止まる。

「おや、合いませんな。これではなかったか」

独り言を言い、道具箱の引き出しを開けて覗《のぞ》き込む。そこには鋳物《いもの》や銅製の鍵が大小いくつも入っていた。男は眉を寄せて目をますます細め、顔を近付けて鍵を探している。

「お主、蝶番《ちょうばん》屋ではなかったのか」

引き出しの鍵を順に手に取りながら、男は笑った。

「蝶番だけでは食っていけませぬよ」

ああこれだ、と男は一番小さな鍵を取る。

「錠前《じょうまえ》屋でござい。もっとも、今は錠前直しと言った方がようございますが」

「錠前直し？」

「さよう。一から作ることはしておらんのです。名ならツギネと申します。お見知りおきを」

一瞬、キツネと聞き違えてぎょっとした。場所が場所な上に、目の細い男だ。無理もないと思うのだが、相手は困ったように眉を下げて笑った。

「違いますよ。キツネじゃございません。次の嶺《みね》と書いて、次嶺《つぎね》と読みます。変わった名ではございますが、人でないほどに変わってはおりませんよ」

次嶺はもう一度笑う。笑ってはいるが、何か鋼《はがね》のような、硬く冷たく光るものを思い起こさせる笑い方だった。

「そうか、次嶺か」

「へえ。そちら様は」

ぎくりとして躊躇《ためら》っていると、次嶺が茶化すように言った。

「八百蔵殿でよろしいですか」

「よろしいものか。俺は由太郎だ」

つい勢いで名乗ってしまった。

はあ、と頷《うなず》いた次嶺の細い目が、手に持っていた医学書に向けられる。表紙には漢方の文字が記されている。由太郎の顔も無遠慮に眺め回し、次嶺は納得したように言った。

「なるほど、鷹原白遼先生のご子息ですかな」

由太郎の眉が勝手にぴくりと動く。

「先生などと、まだ呼ぶ者がいるとはな。それとも嫌味か」

「いえ、そのようなつもりでは……しかし噂に違《たが》わぬお顔立ちですな。巷《ちまた》では滅多にお目にかかれますまい。二代目八百蔵か、絵のようでございますよ」

次嶺の口から紡《つむ》がれる文句を、由太郎は腹の底が燃えるような思いで聞いていた。

顔を褒められたところで何になろう。

「やめてくれ。どうせそのあとには、けれども藪医者のせがれ、哀《あわ》れなことよ、と続くのだ」

次嶺は驚いたような顔をしたが、すぐに和《なご》やかに微笑《ほほえ》んだ。その顔が癇《かん》に障り、由太郎は目を逸《そ》らす。灰色の木立の中に立つ、鮮やかな幟を睨《にら》みつける。

他人だからそんな顔ができるのだ。藪医者のせがれに生まれた者の苦しみなどわからない。わかるはずがない。

「そうとも限りますまい」

次嶺の声色《こわいろ》が先ほどよりやわらかい。同情されるのはごめんだ。

「慰《なぐさ》めはいらぬ。鷹原白遼はもう、藪医者としか呼ばれなくなった」

「父君のことではございません」

視界の端で、次嶺は首を振る。

「藪医者のせがれで、何の哀れなことがございましょうか」

まっすぐな声だった。思わず目をやると、次嶺は変わらぬ顔で穏やかに笑っていた。そしてぽかんとする由太郎を放っておいて、選んだ鍵で賽銭箱の引き出しを開けた。今度は正しい鍵だった。

次嶺は引き出しの鍵を数回開け閉めし、引っ掛かりなく開くことを確かめていた。閉めるときは微かな音がするだけなのだが、開くときには、ぴん、と引き出しの中から跳ねるような高い音がする。

「これは私の親の作った錠前でしてね」と、次嶺は満足そうに賽銭箱を見ながら言った。

「親といっても育ての親で、血は繋《つな》がっておらんのですが。昔何かの折に作ったのか、長いことしまわれていて、箱の方はもう木が腐っておりましてな。元の引き出しの錠前に合わせて、新しい箱を作ってもらいました」

「こんなところに賽銭箱がいるのか?」と、由太郎は疑うように尋ねる。

「麓《ふもと》の五條天神《ごじょうてんじん》で頼まれたのです。賽銭泥棒が出るんだそうでございますよ」

「賽銭泥棒?　こんな山の上にか?」

「山の上でも、お稲荷さんですから賽銭を置いていく者がいる。この前の初午稲荷《はつうま》は多かったそうですよ。ですがひとけがないから、それを盗《と》る者もいる。だから錠前付きの賽銭箱が欲しいと言われまして。持っていきましたらば、では山の上に置いてきてくれ、と。面倒でしたがその分の銭《ぜに》を渡されまして、断るのもばからしく、ここまで登ってきた次第にござります」

流暢《りゅうちょう》にいきさつを語りきると、次嶺は最後に引き出しの鍵を閉めた。かちゃりという微かな音は、木々の茂る山の中で聞いてもなにか体の強ばるような音だった。

「そうか、初午《うま》稲荷だったか」と、由太郎は呟く。

二月最初の午の日は、稲荷の祭礼の日だ。由緒正しき稲荷大社でなくとも、稲荷の祠《ほこら》は江戸中にある。武家屋敷の敷地の中に、神社仏閣《ぶっかく》の境内の片隅《すみ》に、裏長屋の路地の奥に、大小さまざまあれど、人々は同じように祭りを執《と》り行う。赤飯や煮しめや油揚げを供え、幟を新しいものに替えるのだ。この稲荷の色鮮やかな赤い幟は、そのときに替えられたものなのだろう。

由太郎は内心がっかりしていた。稲荷の幟を替える者も、賽銭を供える者も、賽銭泥棒に錠前屋まで来ると知ってしまえば、この山で気の休まることはもうあるまい。江戸はどこでも人が多くて嫌になる。

次嶺は賽銭箱の位置を正すと、二、三度頷いて道具箱の引き出しを閉めた。

「親の作った錠前も、もうほとんど残っておりませんで。ここで使ってもらえるならばありがたいことです」

「なぜお主は作らないんだ？」

そう訊《き》くと、次嶺は苦笑いを浮かべて髪の生え際を掻いた。

「どうにも雑な性分でしてな。こういった細かい仕事が向かんのです」

身なりを見れば、雑な性分なのはだいたいわかった。着物が女物なのは瘦《や》せているからだろうが、髷《まげ》を結わないのは無頓着《むとんちゃく》なのだろう。

「元の鍵が残っていれば直すことはできますゆえ、それのみ続けております」

「親の仕事が向かなかったか」

「まあ、実の親でもありませんしな」

「そうか……それなら、いいな」

自分も父と血が繋がっていなければ、もっと楽に生きられたかもしれない。人前で医学書を開くだけで、藪のせがれのくせに、などと囁《ささや》かれるのだ。

次嶺から顔を背けるように、由太郎は賽銭箱に目をやった。ふと、なにかおかしな気がして首を傾げる。

「由太郎殿？」

くすんだ鳥居と古ぼけた石造りの稲荷の社。その前にぽんと置かれた真新しい賽銭箱と、それにつけられた、黒い雲型金具の錠前。賽銭箱は、次嶺がここまで抱えてきたものだ。ということは、人が一人で持ち運べる程度の重さだということだ。

「次嶺」

おかしさの理由に気付き、笑いを堪えながら由太郎は言う。

「それでは……賽銭箱ごと持っていかれるのではないか？」

次嶺は細い目を無表情に見開き、今しがた置いたばかりの賽銭箱を振り返る。賽銭箱はそこに置いてあるだけで、鎖でどこかに繋ぎ止めているわけでもない。懐《ふところ》にしまおうとしていた鍵が、次嶺の手からぽとりと落ちた。そのままゆっくりと首をめぐらせて由太郎と目を合わせると、二人同時に噴き出した。

「いやいやいや、これはこれは」

「なんと間抜けな」

「まったく、ばかばかしいことでございますな！」

山中に二人の笑い声が響き渡り、鳥の群れが飛び立った。やがて次嶺は指の腹で目尻を拭って言った。

「いやしかし、私の仕事は鍵付きの賽銭箱を用立てて、ここまで運ぶことでございますからな。ほかのことは知ったことではございません。賽銭箱と地べたとを、繋ぎ合わせるようにとは言いつかっておりませんからな」

開き直って、ぱんぱんと手を叩くと鍵を拾う。

「さて帰りましょう」

「おい、いいのか」

「かまいやしません。盗んだところで、鍵は開きません」

「開かなくたって、斧《おの》や何かで簡単に割れるだろう」

由太郎が言うと、すでに道具箱を背負い、稲荷に背を向けていた次嶺は、顔だけ振り返って答えた。

「鍵が開かなければ、それでよいのです」

それが職人というものなのだろうか。由太郎は呆《あき》れたが、次嶺はもう山道を下り始めていた。身軽にぽんぽんと、ほとんど飛ぶように走っていくその姿は、まるで天狗《てんぐ》のようだった。

「あ、おい、待て!」

賽銭箱が気になり一度は振り返ったが、当の次嶺がそのままでいいと言うのなら、由太郎にできることはない。気にしながらも次嶺のあとを追う。だが桜餅のような色合いの男は、みるみるうちに小さくなっていった。道具箱の外にぶら下げられた蝶番のぶつかる音も、あっという間に鈴の音のように微かなものになっていく。このままでは見失ってしまう。

息を切らし、できる限りの速さで山を駆け下りながら、由太郎は、己がなぜこんなにも必死になって次嶺を追っているのかわからなかった。

ようやく次嶺に追いついたのは、黒門を出た先、不忍池を囲む広小路《ひろこうじ》の、茶屋の集まるところまで下りてきたときだった。結局次嶺は参道へ出ることなく、山道を一番下まで下り続けたのだ。由太郎は喉《のど》が痛くなるほど荒く息をしていたが、次嶺は息一つ乱さず、足を止めてじっとどこかを見つめていた。その目の先にあったのは、一軒の茶屋だった。

「なんだ、腹が減ったのか?」

暑くなって襟巻を取り、それで汗を拭う。次嶺は答えなかった。茶屋の店先では、床《しょう》几《ぎ》に座った客の男が、店の女と何やら揉《も》めている。男は擦り切れた着物と草鞋にぼろぼろの笠《かさ》を被り、いかにも田舎者といった風体だった。

「団子三本と、お茶をおくれよ」

伸び放題の髭《ひげ》に埋もれた口を動かし、銭を乗せた手の平を差し出して、男はにこにこと言う。だが店の女は腰に両手を当てて目を吊《つ》り上げ、男の差し出す銭を受け取ろうともしない。

「だからあんた！　それじゃ足りないんだって言ってるだろう！　それっぽっちじゃねぇ、こちとら団子一本だって出せないよ！」

遠目からだがよく見える。男の手には、一文銭が二枚しか乗っていなかった。さすがに二文では、田舎だって団子は買えないだろうに。だが男はにこにことしたままで、同じ言葉を繰り返す。

「団子三本と、お茶をおくれよ」

女に怒鳴られてもまるで堪《こた》えていないようだ。

「とんだ田舎者だな」と由太郎は言ったが、男を笑うことはできなかった。男の様子から、何か言い表せない不自然さを感じ取っていた。それは恐怖にも似たものだった。

男の表情が変わらないのだ。女がいくら声を荒らげても、追い返すような素振りをしても、男は遊んでもらった子供のように笑い、わずかな銭をまた差し出す。まさか言葉がわからないわけでもあるまい。だが女を見上げる顔に、怯《おび》えや落胆、怒りの色は微塵《みじん》もなかった。

女は堪忍袋の緒が切れたか、塩ならやるから待っていなと言い置いて、ずんずんと店の奥へと入っていった。

「ふむ、困ったものです」

顎《あご》に手を当て、次嶺が呟く。だが、言葉ほど困っているようには見えなかった。口元は今にも笑い出しそうに曲がっている。次嶺は茶屋へ向かって歩いていき、由太郎はどうしたものかと迷っていたが、騒ぎに足を止める者が増えたので、慌てて次嶺のあとに続いた。

男の座る床几の脇を通り、次嶺が店の暖簾《のれん》をかき分けると、ちょうど先ほどの女が塩の甕《かめ》を抱えて飛び出してくるところだった。鬼のような表情を浮かべる女の顔の前に、次嶺は節の目立つ細い手をすっと出して制す。

「すまぬが団子と茶を三人分。二人は団子二本ずつ、外の一人には三本頼みます」

女は不審げに眉を寄せた。次嶺の後ろには由太郎しかいないのだから当然だ。左腕に甕を抱え、右手をその中へ突っ込んで塩を握りしめている女は、顎で外の床几を指す。女の吊り目は生まれつきのようだった。

「あの田舎もんはあんたたちの連れかえ?」

「連れではないが知り合いでしてな」

「そうなのか?」と、由太郎は驚いて次嶺の横顔を見る。しかし次嶺は、自身にもわからないかのように首をひねった。

「いや、知り合いでないといえば、知り合いではないのですが」

今度は由太郎と女とが同時に首をひねる。だが、茶屋の女には次嶺と男との関わりなどどうでもいいのだろう。すぐにはっとして、塩の甕から出した手を次嶺に向けて差し出した。塩がはらはらと舞う。

「あんた、おあしはあるんだろうね」

「もちろん。迷惑をかけたのですから、釣りはいりませぬ」

次嶺が多めの銭を渡すと、女の眉間からしわが消え、浮かれたように店の奥へと戻っていった。次嶺は男の隣の床几に腰を下ろしたが、男に話しかけるわけでもなかった。横に座った由太郎に言う。

「由太郎殿まで巻き込んでしまいましたな」

「由太郎でいい」

「団子でようございましたか。それとも善哉《ぜんざい》にしますか」

「奢《おご》ってもらえるなら何でもかまわん」

金を払うつもりのないことを示すと、次嶺は頭をぽりぽりと掻いて苦笑した。由太郎は声をひそめて尋ねる。

「それより、あの男とは知り合いなのか？　よくわからないことを言ってたが」

「知り合いといえば知り合いなのです。あの男と会ったことはございませんが。いや、何年ぶりか。ずいぶん久しぶりに会いましたよ」

わけのわからないことを言い、次嶺はうれしそうに微笑んでいた。まるで懐かしい友と再会したかのような言い様だが、男を見ようともしない。男の方も膝《ひざ》の上に置いた手の平の銭を裏返したり、真ん中の穴から空を見たりしていて、こちらには目もくれなかった。

やがて焼きたての団子が運ばれてきた。由太郎は次嶺と男の方をちらちらと窺《うかが》ってぃたが、二人とも無言のまま団子を頬張《ほおば》り、交互に茶をすするだけだった。髭面《づら》の男は団子がよほど気に入ったのか終始満面の笑みを浮かべたままだったが、それ以外の顔を見たことがないので、茶屋の女と同じように生まれたときからその顔だったのではないかと思われた。

団子を食べ終わると、髭面の男は次嶺に礼も言わずに立ち上がった。男に倣《なら》うように次嶺も無言で席を立ち、数歩ほどの距離を空けてついていく。さらにそのあとを、戸惑いながら由太郎が辿《たど》る。

男は上野山の裾をぐるりと回り込み、北へと歩き出した。目と鼻の先には五條天神があるのだが、次嶺はそちらを見もせずに男のあとをついていく。賽銭箱の鍵はいいのだろうか。

由太郎は横目に立派な鳥居を見る。医学と薬の神を祀《まつ》る五條天神を、最後に参拝したのはいつだったろう。

男と次嶺は根岸《ねぎし》を通って千住《せんじゅ》の方へと歩いていった。千住へと向かう道は一本道で、両脇には店や旅籠《はたご》が並んでいる。千住は江戸の北の入り口だから、道は千住へ向かっていると言うよりは、江戸の真ん中へと向かっているのだ。時刻は昼の八つ時を過ぎ、ようやく江戸に辿り着いた旅人たちが、くたびれた足を休めようと旅籠の呼び込みに応《こた》えて入っていく。

道の両脇に並ぶ店は少しずつ減っていき、やがて田畑が広がるようになった。この時期、畑は枯れ野と同じ色をしていて寂しい。黄色く枯れた大根の葉が、ばらばらと落ちている。

三人の間はそれぞれ十数歩に広がっていた。離れても、一本の紐《ひも》でも通したかのように、まっすぐに北へと歩いていく。三人の履物《はきもの》の底が立てる微かな音が、数珠《じゅず》を擦《こす》り合わせたときのように途切れることなく続く。

由太郎は次嶺についてきたことを後悔し始めていた。何もここまで付き合うことはなかったのだ。流れで団子を馳走《ちそう》になってしまったから、なんとなくここまでついて来たものの、あの茶屋で別れてもかまわなかったのだ。団子を奢ったのは次嶺の勝手だし、由太郎が違う道を行っても、きっと何も言わなかっただろう。茶屋を出てから、次嶺は一度も振り返らない。

笛のような鳴き声がして見上げると、高いところに鳶が一羽、北を向いて飛んでいた。そういえば、まだ次嶺と出会ってから半日も経《た》っていないのだ。そう思うと不思議だった。もう長い旅をしてきたような気さえする。いったいどこへ向かっているのか、沈黙する小さな二つの背中は、進むばかりで何も教えてくれない。

しばらく歩くと、千住大橋が見えてきた。橋の下を流れる隅田《すみだ》川は、ここから東へ弧《こ》を描いて曲がり、それから南へ、人の多い方へと向かっていく。小塚原《こづかはら》刑場に浅草寺《せんそうじ》の脇を通り、本所《ほんじょ》、蔵前《くらまえ》、両国《りょうごく》、馬喰町《ばくろちょう》、深川《ふかがわ》を過ぎて内海へと流れ込むのだ。

ここには江戸市中の喧騒《けんそう》とはかけ離れた静けさがあった。隅田川は下流よりも川幅は狭いが、水は豊かだ。日暮れまでに旅籠に着こうという幾人かの行商人や旅人が、背負った大荷物に急《せ》かされるように、早足で通り過ぎる。

橋のほど近く、川に面したところまで来ると、道には由太郎たち三人だけになった。まず髭の男が立ち止まり、追いついた次嶺が足を止め、二人から数歩下がったところから、由太郎は二人の背中を見つめていた。

次嶺がなにか短く呼びかける。声は水音に消されて由太郎には聞き取れなかったが、前をゆく男には聞こえたらしい。沈黙ののち振り返る。由太郎は思わずびくりと肩を震わせた。男の顔は茶屋で見たのと同じ満面の笑みだった。道中、背中しか見ていなくとも、ずっとその顔だったのだとわかった。

奇妙な男に、次嶺はゆっくりと、語りかけるように言った。

「次に出てくるときは、銭勘定も覚えてからにするといい。銭が足りなければ団子の一本も買えないのだ。人に化けるなら覚えておけ」

化ける？

男は笑みを浮かべたまま、笠の端をつまんでちょこんと頭を下げた。笠の下、縫い付けられたかのように横にしか開かない口で、陽気に答える。

「へえ。恩に着ます、旦那《だんな》」

団子代だというように、男は二文を次嶺に向かって放り投げる。

「次嶺だ。恩に着なくていいが、もし」

弧を描いて落ちてきた銭を受け取り、一度言葉を切って次嶺は続けた。

「もし、お前たちの仲間に、人の言葉を話す烏《からす》を知っている者がいたら」

次嶺の言葉を遮《さえぎ》るように、男は笑ったまま首を振る。

「そりゃあ烏天狗のことですかい？　それとも古烏《ふるがらす》か。だとしたら、おいらたちとは住む場所が違いすぎらぁ」

言うなり、男は川へ身を投げた。どぼんと音がして水柱が上がり、由太郎は慌てて駆け寄るが、そこには着物も笠もなく、黒い影が水の底を滑るように上流へと消えただけだった。由太郎は呆然《ぼうぜん》として、黒い影の去ったあとも上流の方を見つめていた。

「次嶺」

振り返ると、次嶺は川面《かわも》を見て何か寂しげな顔をしていたが、由太郎が見ていることに気付くと、口元にだけは笑みを浮かべた。

「次嶺、あいつは」

「川獺《かわうそ》でございますよ」と、次嶺はこともなげに答えた。ちゃりん、と手の中で銭を遊ばせる。

由太郎は耳を疑った。川獺というのは獣の名だ。狸《たぬき》や狐のように、何かに化けて人を騙《だま》す獣だ。

「川獺という名の男、ということか」

信じられずにそう訊くと、次嶺はこちらを流し見て冷ややかに笑った。

「川獺でございますよ」

ひんやりとしたものは、視線だけでなく声にも混じっていた。だがそれは由太郎を蔑《さげす》むものではなく、深い悲しみの表れのようだった。手の平の銭に目を落とし、一つ、小さなため息をつく。

「川の底で拾った銭を持って、時折町に現れるのです。人の姿かたちは知っていますし、銭で物を買えることも知っている。笑っていれば人が愛想よく話してくれることも知っている。ですが、銭の値打ちは知らないのです。だから勘定ができず、先ほどのようなことに」

穴の空いた丸い銭さえ渡せば、一枚でも団子が買えると思っていたのか。二枚もあれば尚更だろう。由太郎は川獺の泳ぎ去った川の上流へと目をやる。茶屋での男の様子には合点がいったものの、感じていた不自然さははっきりとした恐怖へと変わった。川獺の化けた男か、または別の何かが、水の中からざばりと上がってくるのではないか。そう思うと、自然と足が川岸から離れた。

「本物の川獺を見たのは初めてだ。話には聞いていたが」

騙されたという間抜けな者の話は、料理屋でも湯屋でも笑い話の定番だ。だが自分の身に起こったとなると、到底笑う気にはなれなかった。

「どこにでもおりますよ。私は三年ぶりに見ましたが、由太郎殿の歳《とし》まで生きてきて、初めてということもありますまい。気付かなかっただけでございましょう」

「そうなのか……川獺を川獺と知って話す男も初めて見たが」

ふっと笑った次嶺の目からは、先ほどの悲しみの色が消えていた。

「それは、そうかもしれませぬ」

飄々《ひょうひょう》と言って微笑む次嶺と言葉を交わすことが、由太郎にはそら恐ろしく感じられた。川獺と話した口で由太郎に向けた言葉を紡ぐ。それは不吉なことに思われた。眉間にしわを寄せて尋ねる。

「お主、一体何者なんだ」

「申しましたでしょう。錠前屋でござい」

次嶺はわざとらしく、跳ねるような声で言う。

「噂に聞く術士というものではないのか」

屏風《びょうぶ》の熟した柿をもいで食い、絵の中の美女にはかんざしを挿し、水の流れを操り、鬼を退《しりぞ》け、雷獣《らいじゅう》を飼い馴《な》らす。奇怪な術を使う者の存在は、市中でも噂になることがある。奇妙なものが好きなのは町人も武士も同じらしく、大名がひそかに術士を家臣として抱えているという話も耳にする。

「そんな大層なものじゃあございませんよ」と、次嶺はからからと笑って言った。

「絵の中に手を突っ込むこともできなければ、大髑髏《おおどくろ》を呼び出すことも、烏天狗を使うこともできません」

　大髑髏、という言葉に、由太郎は歌川国芳《うたがわくによし》の浮世絵を思い出して身震いする。平将門《たいらのまさかど》の娘の滝夜叉姫《たきやしゃひめ》が、屋根よりも背のある大髑髏を呼び出し、父の仇《かたき》へとけしかけている絵だ。大髑髏は廃屋の壁を破り、中にいた源家《げんけ》の勇士を覗き込むように見下ろす。目玉のない虚《うつ》ろな二つの白い穴は、たしかに若侍《わかざむらい》たちを捉《とら》えている。

「妖術使いではないと?」

　困ったように笑って次嶺は言う。

「私にできるのは、言うなれば、人ならざる者と遊ぶこと。それだけにございます」

「遊ぶ?」

「さよう。遊ぶことのみにございます。妖術なぞという大層なものは、私にはとてもとても」

　はぐらかされた気がして、由太郎は次嶺を責めるように見た。それもまたかわして、次嶺は薄い笑みを浮かべてくるりと踵《きびす》を返す。道具箱の蝶番が、じゃらじゃらと鳴る。真冬に比べて日がのびたとはいえ、午後の日はあっという間に西へと落ちかかる。

「鷹原先生のお屋敷は、浅草見附《あさくさみつけ》でございましたな」

　そう言って、次嶺は千住大橋に背を向けた。

「屋敷というほどでもない。なぜ知っている」

この男に問う意味があるのだろうか。いくら術士でないといっても、川獺と進んで関わる男だ。先ほどの川獺との話の中で出た、口を利く烏というのも知り合いらしい。この不思議な男には、見通せないことなどないのではないか。

「さあ、なぜでございましょう」

ほら、意味はなかった。険しい顔のままで一つ息をつくと、次嶺は苦笑した。

「仕事となれば江戸中歩くこともあるのですよ。賽銭箱の鍵を五條天神まで届けねばなりません。途中までご一緒いたしましょう」

そう言われて、由太郎ははたと困ってしまった。

「どうしました」

「いや、俺はその、鷹原の家を出たのだ。今は神田《かんだ》の長屋住まいだ」

次嶺は二、三度目を瞬《またた》いた。

「どうしてまた」

「いろいろとあったのだ。話せば長い」

どう答えたらいいだろう。話したくはないが、こちらをじっと見ている次嶺の目は、もうとっくに胸の内を見透かしているようで、由太郎は早々に観念した。

「どうやら向いていないらしいのだ、医者に」

笑みを浮かべて放った言葉は、己の胸に突き刺さる。

お前は医者には向いていないだろうと、あるとき父から言われたのだ。藪のせがれが藪に見放され、自棄《やけ》になったというわけだ。笑い話にもならない。

「そんなこともないでしょうに」

由太郎は無言のまま首を横に振る。

そうだ、五條天神へ行かなくなったのはそれからだ。抗《あらが》うように、それまでしていたことをしなくなった。頭の奥が痛んだ気がして、由太郎は結んだ髪の付け根にむりやり指を突っ込んで掻く。

医者の家の息子らしくならないよう、儒者髷《じゆしやまげ》だった髪はだらしなく伸ばした。だが未練からか、いまだに月代《さかやき》は剃れずにいる。藪のせがれだとばれたくはないのに、医者から離れたくもない。町に紛れようと着物を緩く着ることは覚えたが、話し方まではなかなか変えられない。

どこに行っても半端者だ。いっそ次嶺のように、親と血が繋がっていない方がよかった。

「ですが、由太郎殿は医者になりたいのでしょう」

次嶺には医学書も見られている。ごまかすこともできず、ぎこちなく答える。

「それはそうだ。そのために……」

続く言葉を失って俯《うつむ》いた由太郎に、次嶺は急にからりとした声で言った。

「神田でしたら、不忍池までご一緒しましょう。その間の退屈しのぎに……少し私のことでもお話ししましょうか」

次嶺のことを。興味をそそられて由太郎は目を上げる。それを待っていたかのように、次嶺は冷たい鋼色の笑みを浮かべると、道具箱から下がった蝶番を鳴らして歩き始めた。

物語は、とある山奥の村から始まった。


それがどこの山奥だったのか、次嶺自身も覚えていない。ついでに言えば、己の名も父と母の名も、村の訛《なま》りも煮物の味付けも朝起きてからの習慣も、そこで育てば否応《いやおう》なく体に染みつくはずのものの、何もかもを覚えていないのだという。

「おぼろげに浮かぶいくつかの姿はあるのですが、それが父なのか母なのか、あるいは兄なのか姉なのか、何もわからないのです。ただ、山の中で遊んだ友人たちのことはよく覚えております」

ある友は、黒曜《こくよう》石のように光るくちばしと翼とを持ち、人の言葉を話す烏だった。

ある友は、緑がかった茶色の体でおかしな髪型をしており、泳ぎが魚に負けぬほど見事だった。

またある友は猿に似た三本足の獣で、喋《しゃべ》ることはいつも作物《さくもつ》の豊凶と伝染病の流行についてだった。

またある友は誰の話にも耳を貸さず、山の中を白い顔で歩き回ってばかり。

またある友は、いつも違う人間の姿で現れて、いつも同じ名を名乗った。

「それが川獺か」と、由太郎は尋ねた。

「おそらくは。泳ぎが得意でしたから。先ほどの川獺とは違う者ですがね」

彼らと遊ぶのは楽しく、次嶺は毎日、日が暮れるまで彼らと一緒に川で魚を獲《と》ったり、彼らしか知らない不思議な話を聞かせてもらったりした。

「それは気のいい連中でした」

ところが村に帰ると、毎日大人たちに叱《しか》られた。

あいつらと遊んじゃならねぇ。そう言って、次嶺を村の外に行かせまいと納屋《なや》に閉じ込めたり、村の真ん中に立つ木に縛り付けたりしたが、抜け出すのはいつも簡単だった。

友人たちが迎えに来てくれるのだ。容易に村に入り込んだ彼らは、村人たちの気付かぬうちに納屋の戸を開け、縄《なわ》を解いた。そしてかわいそうにと次嶺の頭を撫《な》でた。彼らに連れられて、次嶺はまた日暮れまで山の中で遊んだ。

そろそろ村へ帰りなさいと言われ、次嶺は嫌だと答えた。

だって、今朝逃げ出してきたばかりだ。戻ったらまた叱られる。

うなだれる次嶺に、人の言葉を話す大きな鳥はこう言った。

「心配するな。村の者には何もできない。どうにもできない。また明日、お前は遊びにおいで」

聞いているうちに、由太郎は背筋が冷たくなってきた。次嶺の言う友達とは皆、人ならざる者たちだ。彼らは、なぜ次嶺を迎えに来たのだろうか。山の中で人ならざる者に出会った話はいくつも聞いたことがある。恐ろしい話も笑い話もある。だが、一人の子供を迎えに村の中まで来るなんて話は聞いたことがない。人ならざる者たちは、人の領域には簡単に踏み込まないからだ。彼らはなぜそこまで次嶺にこだわったのだろう。村の者にはどうにもできないとは、いったいどういう意味なのか。

一度怖いと思ってしまうと、隣を歩く男の柔和な笑みや、からげた着物の裾に透ける紅白梅の絵柄や、背で鳴る蝶番の音が、急にそれらを呼び寄せるものなのではないかと思えてくるのだ。

「あれは六つの頃でございました」

次嶺は刻々と色を変えていく西の空を見上げて話を続けた。梅が散り、桜の花を待つ時期になっても、夕暮れの風は身を切るように冷たい。日が沈めばもっと冷える。春を喜べるのは、まだ先のことだ。

「ある朝、あれも春先だったと思いますが、目覚めると、家の中に人の姿がないのです。囲炉裏《いろり》の火は消えていて、細い煙が糸のように天井へ向かって伸び、途中で消えて見えなくなる。その朝、私は寒さで目覚めました」

誰もいない。さほど広くはない家の中を見回しても、畑へ出てみても、父も母もいなかった。

「いないのは私の親だけではありませんでした。村中、どこを見ても誰もいないのです。いつも年寄りたちが碁を打っている長老の家も、女たちの集まる陽《ひ》だまりの家も、人だけを抜き取ったかのように、家財はそのままに空っぽでした。人だけじゃあございません。犬も鶏《にわとり》も。あの朝、あの村には私しかいなかった」

怖くなった次嶺は村を飛び出し、山中で友人たちを呼んだ。声の限りに叫んだが、いつもは呼ばなくても自分から出てくる彼らが、この日は影すら見せなかった。

「気付けば、生き物の気配というものがないのです。鳥の声も虫の声も聞こえず、獣たちの息遣いの気配もありませんでした。草木は青々としていましたが、死んでいるようにさえ見えました。あの山の中で生きているものは、私一人でございました」

次嶺はおそろしくなり、走って山を下りた。村の大人に連れられて一度だけ里へ下りたことがある。道も覚えている。だが、その日は道のりが果てしなく遠く感じられた。

「おそらく、恐怖に駆られて道を間違ったのでございましょう。朝に村を出て、何日走り続けても、里は一向に見えませんでした。どれくらい走ったのか、もう飢《う》えも渇きもわからなくなった頃、目の前に人が現れたのです。突然でした」

それは錠前師の老人だった。辺りは真っ暗で、次嶺は夜だと思っていたが、そうではなく、空が木々に塞がれているだけだった。どこの山の中だったのかはわからない。老人は旅の途中だった。

おめぇ、どこの子だ、と問われて途方に暮れた。それまで覚えていたはずの己の名や父や母のこと、村の名まで、頭からすっぽりと抜け落ちていた。

「己の中身が空っぽになったようでした。山の中で昔見た、うろがどんどん大きくなって、やがて倒れてしまった木のことを、その晩何度も思い出しました。おかしなもので、そういうことはよく覚えているのです」

次嶺はうっすらと笑みを浮かべていた。

「自分の名は、村のあの囲炉裏の中で、煙と一緒に消えたのです」と静かに言う。

数日かけて江戸に着いた翌朝、次嶺は老人の息子になった。老人は育ての親になってくれ、次嶺は彼を爺《じい》様と呼んだ。

「その爺様から、私が山で遊んでいた者たちは、河童《かっぱ》や川獺というものだと聞きました。それから、どうやら私は、人の言葉ではなく、その者たちの言葉を話していたらしいことも」

「どういうことだ？」

由太郎は眉をひそめて尋ねた。次嶺は歩きながら、もう見えなくなった千住大橋を指し示す。

「先ほどの川獺や、狐や狸のように人に化けるものは、人の言葉を話すことができます。彼らも学ぶようですね。茂みの中から水の底から、人の言葉を聞いたり、親兄弟から聞いたりして学ぶ。だから川獺とは人の言葉で話せるのですが、中には人の言葉を話さない者もおります。そういう者たちは、己の言葉を持っている。ちょうど、猫や犬や鳥のように」

次嶺が空を見上げたので視線を追うと、茜《あかね》色の空の高い高いところに、何かの鳥の群れがいた。ここからは黒い点の集まりにしか見えなかったが、鳥たちは鳴き声を上げ、互いに会話しているようだった。

「由太郎殿は、猫や犬に話しかけるとき、まずなんと言います？」

突然の問いに、由太郎は考え込む。無邪気な子供や娘たちならいざ知らず、由太郎が話しかけるのはたいてい追い払うときだ。

「こら、あっちへ行け」

振り払う仕草もつけて言うと、次嶺が細い目をさらに細くして噴き出した。

「おや、犬猫は嫌いですか」

「動物は嫌いだ。あいつらの毛はよく舞うから、薬に入ると困るのだ」

言ってすぐに、医者でもないただの長屋暮らしの男がなにを言っているのかと恥ずかしくなったが、次嶺は気にしていないようだった。

「ならば、今度見てみるとよいでしょう。猫やら犬やらの好きな者は、まずそれの鳴き声を真似《まね》して話しかけるのですよ。まずそうして気を引いてから、かわいい子だとか、何か食うかとか、訊いたりするのです」

「ああ、なるほど。そう言われればそうか」

「私が子供の頃にやっていたのは、どうやらそういうことだったようです」

次嶺は深く息を吸い、声を落ち着けて言った。

「河童に向かい、河童の言葉で話しかけていたようなのです。言葉の意味はわかりません。きっと相手の言ったことを繰り返していただけでしょう。河童はそれをおもしろがりました。ほかの者にもその者の言葉で、話しかけていた。彼らは喜び、おもしろがって別の言葉を返す。その言葉をまた私が返す。そうやって話ができた気になって、笑ったり悲しんだり怒ったりする。それが、私たちの遊びでした」

次嶺は懐かしそうに、西の空を見つめていた。茶屋で、川獺の隣で団子を頬張っていたときと同じ顔だ。

「今でもその言葉は喋れるのか」

「ええ。意味はわからぬまま、ずっと覚えております」

「こう言っては悪いが、錠前師の爺様という人は、よく息子にしてくれたな」

人ならざる者たちに魅入られ、その者たちの言葉を知る子供を引き取るなど、容易なことではないだろうに。だが、次嶺は笑った。

「酔狂だったかもしれませぬ。酒と風流と、おかしなものが好きな爺様でした。歳の割には妙に量の多い真っ白な髪をして、かんざしや櫛《くし》を挿すこともありました」

変わり者でしょう、と笑みを浮かべたまま言う。その顔が本当にうれしそうで、由太郎は眩《まぶ》しく思う。

「山深いところに一人住んでいるのに、晩酌《ばんしゃく》のあとは三味《しゃみ》を弾《ひ》いて歌ったり、鼓《つづみ》を打ったりしておりました。私の名も、歌から取ってつけてくれたのです」

つぎねふ山背道《やましろぢ》を　他夫《ひとづま》の　馬より行くに　己夫《おのづま》し

徒歩《かち》より行けば　見るごとに　音《ね》のみし泣かゆ……

万葉集にある歌だという。嶺の連なる山背の道を、よその夫は馬で行くのに、私の夫は徒歩で行くので見るたびに泣けてくる、という妻の思いを歌っている。

「私が、歩いて山々を越えてきたかのようにくたびれて、ぼろぼろの身なりをしていたからでしょうな。本当にそうだったのかもしれませんし。あの日から私は次嶺という名の者になりましたが……あれ以来、己が生きているのか死んでいるのかもわからないのでございますよ。村や山の皆が、あの囲炉裏の細い煙と同じように消えたのか、それとも消えたのは私の方なのか……人ならざる者の言葉を口にした私への、何らかの罰なのか」

罰だとしたら、それは神仏からの罰なのだろうか。そのために、幼い次嶺は親兄弟も、村も友までも失ったのだろうか。

「その友人たちを、今も探しているのか」

頷いた次嶺の顔は笑っていたものの能面のようで、由太郎は思わず肩をびくりと震わせた。

「彼らしか知らないことがあるでしょうから」

あの日、村に何があったのか。

彼らはどうして姿を見せなかったのか。

「なぜ、私だったのでしょうな」

蚊《か》の鳴くような声で呟いた次嶺の声には、寂しさとともに冷ややかさも交じっていた。

あれから十数年経っている。なぜ誰も、次嶺を迎えに来ないのだろう。

「私がそれまで生きてきた、彼らと生きてきた、その証《あかし》のすべてが、あの朝、煙になったのです」

自《みずか》らに言い聞かせるように次嶺は言った。

道の両脇に続く旅籠には明かりが灯《とも》り、日暮れの中、旅人を待っている。一本道を辿って戻ってきたはずなのに、ずっと同じ場所をぐるぐると回っているような気がした。点々と続く提灯《ちょうちん》の明かりが途切れない。

「次嶺は、錠前師には向かないのだと言っていたな。だから錠前直しになったと」

「ええ」と、次嶺は笑って答えた。

「爺様の作った錠前は江戸中にありましてな。それを直して食っております。鋳物なので壊れるということは滅多にありませんから、蝶番の取り替えもしているというわけです」

次嶺が足を止める。気付けば、枯れた蓮《はす》に埋め尽くされた不忍池のすぐ近くまで戻ってきていた。弁天堂《べんてんどう》は暗闇《くらやみ》に埋もれてもう見えない。この冬は雨が少なくて、水かさが減り、濁《にご》った池の水の匂いは水面《みなも》に近いほど、濃く重く漂っている。

「すっかりおしゃべりが長くなりましたな。由太郎殿はまっすぐ行くのでございましょう。私はここで」

「どこに住んでいるのだ」

由太郎は尋ねた。江戸は狭いが広大だ。百万以上の人間の暮らす土地だ。その上、不思議なこの男のことだ。明日にもまた、煙のように消えてしまうことがないとも言い切れない。

「寛永寺をぐるりと回って天王寺《てんのうじ》のさらに北、新堀《にいぼり》村の奥の方です。沢を辿って山を登ったところですよ。そこに爺様の家がありまして、爺様が死んだあともずっとそこにおります」

「明日にでも家を訪ねていいか」

そう訊くと、次嶺は不思議そうに首を傾げた。

「訪ねる理由がおありですか」

「訊きたいことがあるのだ」

「それならば今お聞きしましょうか。明日も仕事がありますのでね」

次嶺の笑顔は、子供をたしなめるときのようだった。躊躇いながら、由太郎は口を開く。

「幽霊とは喋れ……遊べないのか」

　由太郎は目を伏せていたから次嶺の表情の変化はわからなかったが、声は変わらぬままだった。

「それは、人の霊にございますか」

　返された問いに、由太郎の胸に後悔の念がじわじわと湧き上がる。

　ああ、次嶺は知らないのだ。鷹原家に起こったことを。

　知らないのなら、わざわざ教えることはないのではないか。由太郎の口から誰かに話したことは一度もない。父や母にすら話していない。

「遊んだことはございますよ」と、次嶺は由太郎の返事を待たずに答えた。

「本当か？」

「ええ。子供の頃に、やはり山で遊んだことがあります。遊び仲間の中にいたのです。山の中をうろうろと白い顔で歩き回る者たち。それが人の霊でございました」

　しかし、と次嶺は顎に手を当て、困ったように一つ唸《うな》った。

「幽霊というのは川獺や河童とは違いまして、正直なところよくわからないのです。三日続けて現れたかと思えば、突然いなくなって二度と出てこなくなったり、一年もしてまた現れたり、ただあちこちを歩くだけで満足していたりする。それに申しました通り、少しは遊ぶ……つまり話すことができても、何を喋っているのかは私自身にもわかりませぬ。人の幽霊であっても、人の言葉を話しませぬゆえ、あの世の言葉を使いますが」

この世とあの世では、人の話す言葉も違うのか。それは人といえるのだろうか。

「私も多くを知っているわけではございません」

「それでもいい」

自分で思ったよりも必死な声が出た。次嶺は訝《いぶか》しげな目を向けている。

「たとえばその幽霊を成仏させるようなこともできません。私は坊主でも、ましてや術士でもございませんから」

「かまわん」

次嶺の言葉に被せるように言う。

「その幽霊に、何か少しでも言葉をかけてやってほしいのだ。あまりにも哀れで、見ていられないのだ。どうにかしてやりたい。この世の言葉だからか、俺の言葉だからか……俺の声はもう届かない。何を言っても駄目なのだ」

よほど思い詰めた顔をしていたのかもしれない。次嶺は不思議そうに由太郎の表情や震える拳《こぶし》を窺ったあと、

「由太郎殿、それは、どなたの幽霊でございますか」と、真剣な顔で尋ねた。

言ったが最後、何か取り返しのつかない悪いことが起きるのではないかと、由太郎は内心怯えていた。それでも、尚も拳を強く握り込んで口を開く。

「妹だ。妹の、梓《あずさ》の霊が出るのだ」

二

もう見慣れた長屋の天井を、由太郎《ゆたろう》は寝床に横になったままぼんやりと見上げていた。日が昇ってずいぶん経《た》つらしい。日の光が、部屋の中を黄色く照らしている。天井の板や梁《はり》や柱は、色味の違う木が使われていて、つぎはぎのようにちぐはぐだ。何年か前に火事に遭い、寄せ集めの木材で建て直したからこんな姿なのだと聞いた。この辺りの長屋はみんなこうなのだという。

長屋は六畳の座敷一間だが、土間が広いので六畳間だけよりは広く感じる。流しもかまどもあり、一人ならばかなりゆったりと暮らせる。四軒ずつの棟割《むねわり》長屋が二軒向かい合った、裏長屋にはよくある造りで、由太郎が住んでいるのは長屋の入り口である木戸に一番近い部屋だ。

木戸の外には通りに面した表長屋があり、地主に雇われた差配人《さはいにん》の男が、笊《ざる》や駄菓子や草鞋《わらじ》などの雑多なものを売りながら、店子《たなこ》の面倒を見て暮らしている。住人は女髪結いとその母親に、指物師《さしものし》の親子、瀬戸物《せともの》売りの夫婦とその子らなどがいて、顔を揃《そろ》えることがあれば賑やかだ。地主が絹織物の問屋であることから、長屋には玉絹《たまぎぬ》長屋という名がついている。

のそりと布団から起き上がり、鉄瓶《てつびん》にゆうべの湯冷ましが残っているのを確かめると、由太郎は長火鉢《ながひばち》に火を起こした。湯冷ましを一口飲んでから、残りをそのまま沸かし直すべく火鉢に乗せ、流しで顔を洗う。冷たい水は呼び水となり、昨日のことが鮮明に思い出される。

妹の、梓《あずさ》の幽霊が出るのだ。

そう言ったとき、次嶺《つぎね》はたいして驚かなかった。不思議な生い立ちを持つ男には、幽霊などたいしたことではないのかもしれない。子供の頃の遊び仲間にもいたくらいだ。だが、幽霊の兄からすれば大事《おおごと》だ。

「梓が死んだのは一年前だ。幽霊が現れるようになったのは三月前、冬の初めのことだ」

浅草《あさくさ》の四《よ》つ辻《つじ》に、若い女の幽霊が出ると噂《うわさ》が立った。見事な枝ぶりの梅が植えられていることから、白梅辻《はくばいつじ》と呼ばれているところだ。

幽霊の容姿を人づてに聞いた由太郎は、もしやと思い、すぐに確かめに向かった。すると日の沈んだ時分、白梅辻には確かに若い女の幽霊がいた。梅の木の傍《かたわ》らに、小袖《こそで》を着て青白い顔をした結綿《ゆいわた》の娘が、手に手拭《てぬぐ》いをぶら下げて立っていた。娘の首筋には、鮮やかな赤い筋が一本、首を横切るようにつけられていた。

梓だ。

「心中をしたのだ」

重い、嫌な言葉だ。

一年前の夜、白梅辻からほど近い河原で、梓は恋仲の男と心中をした。貧しくなった鷹《たか》原《はら》家を救おうと母がむりやりに決めた、三十も上の、武家の男との身売り同然の婚儀が、翌朝に迫っていた。梓はまだ十六だった。

はじめに男が梓の胸を脇差《わきざし》で突き、自身の首を切って息絶えたが、梓の方は死にきれなかったのだろう。男の手から脇差を取り、自《みず》ら首を切ったのだ。

幽霊の持つ手拭いは、死んだときに頭にかぶっていたものだ。季節外れの紺《こん》の桔梗《ききょう》の柄が、余計にこの世のものではないのだと感じさせた。裸足《はだし》の足は凍りついた冬の地べたを踏んで、顔よりも一層白く見えた。

なんと哀《あわ》れな。

由太郎は提灯《ちょうちん》を揺らして駆け寄り、名を呼んだ。心許《もと》ない明かりは、幽霊を照らすことなく風に消えた。

「梓、俺だ。わかるか」

だが、幽霊は由太郎の呼びかけなど聞こえぬように、ただどこかを見ている。体は道に対してやや斜めに、梅の木の方を向いているのだが、幽霊の正面に立っても、不思議と目が合わなかった。梓の目は由太郎の体を透かして、さらに遠くを見ているようだった。

梓は美しく聡明な娘だった。目は一重で黒目がち、鼻筋はすっと通って口は小さく、通りを歩けば人が振り返るほどの器量だった。なのにときどき、子供のようないたずらを仕掛けては、由太郎が引っ掛かるのを見て涙を流して笑うのだ。表情豊かで、賢くしっかり者で、誰からも好かれていた。

だが、幽霊からはその面影が感じられなかった。表情は凍りつき、じっと見ていると梓ではないような気さえしてくる。憎しみや恨みさえも見えず、出来の良い陶器の人形のようだ。隣に立つ梅の木の、枝の何度も折れ曲がる節々が人間の肘《ひじ》のように厚みをもっていて、そちらの方がよほど物《もの》の怪《け》じみていた。

「梓、梓よ。どうしてここにいる。村岡堂《むらおかどう》の八弥《はちや》はどうした？　二人であの世へ行ったのではないのか」

心中相手の名を交えてみても、幽霊は答えない。

答えない幽霊相手にそれ以上できることはなく、由太郎は胸を重たくする虚《むな》しさとともに長屋へ帰ることしかできなかった。

「俺の声は、もう届かないのかもしれん」

あれから何度も白梅辻へ赴《おもむ》いたが、結果はいつも同じだった。

「ともに育ってきた妹の幽霊を見るのが、こんなにもつらいとは」

幽霊の首にある赤い筋は、強く、まっすぐに刻まれていた。ためらった跡などない。この世への未練も迷いも、梓にはなかったのだ。

次嶺は顎《あご》に手を当て、それらしく頷《うなず》いていたものの、確かなことは何も言わなかった。何か思案しているような目も、日が暮れるとじきに見えなくなった。由太郎にはそれ以上話せることもなく、無言のまま、五條天神《ごじょうてんじん》へと向かう次嶺の背中を見送ったのだ。


その日会ったばかりの次嶺に、どうしてこんなに大事なことを話したのだろう。

由太郎は顔から滴《しずく》を垂らしたままで、ぼうっと連子窓《れんじまど》の格子《こうし》の向こうを眺める。

先に奇妙な身の上話を聞かせてきたのは次嶺の方だ。もしも昼間に茶屋ででも聞いていたら、信じなかったかもしれない。そんな話だったが、黄昏時《たそがれ》の、旅籠《はたご》の提灯の並ぶあの道で、次嶺を前に聞いていたら不思議と何もかもが腑《ふ》に落ちた。

ああ、この男になら、梓のことを話しても、疑うことも笑うことも責めることもしないだろう。

そう思い、心を委《ゆだ》ねるように話している間、由太郎は安らぎさえ感じていた。

次嶺は白梅辻へ行ってみるとは言っていたが、なんとかしてくれるのだろうか。

流しの上に張った縄《なわ》から手拭いを取ろうとして、棚に置かれた一枚の皿に目が行き、手が止まる。ぽたぽたと、手から顔から、滴が落ちる。

手の平ほどの平皿は九谷焼《くたにやき》で、青と緑とで縁取られ、真ん中には崖に咲く一本の紅梅が鮮やかに描かれていた。

これは父が昔、まだ名医で通っていた頃に、病人から治療の礼にと受け取った品だ。本来は五枚組で、それぞれ別の絵柄が描かれていた。ほかの皿は由太郎が十二の頃、父に内緒で見ようとして箱を持ち出し、その際に割ってしまったのだった。

初めに不注意で割ったのは一枚だけだった。だが気が動転した由太郎は、割れた皿を隠そうと、残りの四枚もろとも庭に埋めようとした。気付いた女中《じょちゅう》が止めたが、手荒く扱ったため、無事だった四枚の皿のうち三枚も割れてしまった。残ったのはこの紅梅の皿だけだった。

「医者にはなれないかもしれんな」と、父がぽつりと言ったのはそのときだ。ひどく失望した顔を、今も覚えている。

切羽詰まって自棄《やけ》を起こして、何もかも台無しにしてしまう。自らの過《あやま》ちを認めず、隠そうとする。なかったことにする。そんな者が、人の命に関わってはいけないのだ。

由太郎のそれまでの努力はこの一件で水の泡となり、父はそれ以降の努力をも認めなくなった。父からの信頼をまったく失ったのだ。それからも父は、由太郎に医者は無理だと言い続け、そしてある日、由太郎と同い年の出来の良い男が甲府《こうふ》からやってきて、父の弟子《でし》になった。

一枚だけ残った紅梅の皿が、そのあと家のどこにあったのか、由太郎は知らない。見たくもなかったし、忘れようとしていた。

それがこの長屋に着いて荷ほどきの最中に風呂敷の中から現れたときには、何が起こっているのかわからなかった。荷物に入れた記憶などもちろんない。

二度と見たくもない皿だが、なぜだか捨てる気にも売る気にもなれなかった。使いも飾りもしない皿を、由太郎はただ、流しの棚に置いている。

手拭いに手を伸ばしたまま思わず眉を寄せたところで、連子窓の前を大柄な影が通り過ぎた。すぐに入り口の腰板障子《しょうじ》が叩かれる。

「由太郎、いるかい」

端に小さく「由太郎」とだけ書かれた障子に透ける影は、差配人の長治《ちょうじ》のものだ。

「はい、今」

由太郎は慌てて答え、顔を拭う。

「由太郎、おい、まだか」

催促の声に急いで腰板障子を開けると、三十過ぎでがっしりとした体つきの差配人が、帳簿を手に険しい顔で仁王《におう》立ちしていた。店賃《たなちん》の帳簿。瞬時に悟る。

まずい。

とっさに腰板障子を閉めようとしたが、長治が素早く縁を摑《つか》んで止めた。こうなるともう何をしても無駄だ。長年学問ばかりしていた由太郎の細腕では、長治の太い腕には太刀《たち》打ちできない。腰板障子をがたがたいわせ、それでも閉めようと足掻《あが》いていると、上から舌打ちが聞こえた。

「諦《あきら》めな。戸が壊れたらそっちも金かかるぜ」

そっちも、の言葉に力が抜けた途端、長治が腰板障子を開け放ち、足で止めて動かないようにした。由太郎は顔の前でぱんと手を合わせる。

「長さんすまない！　あと十日！」

「あと十日も待ったら次の月になっちまわい！」

「あと八日！　いやあと五日！　三日……」

声はだんだんと小さくなっていく。

「三日でどうにかなるんだろうな由太郎よ！　ったく毎月毎月、店賃払うのがそんなに苦しいなら、出てってもらうぜ！」

「そ、それは困ります」と、由太郎は顔を上げた。

「困るんなら働けばかやろう」

長治は出入り口を塞ぐように立ち、腕を組んで見下ろしている。由太郎は上がり口に座ったが、なんとなく正座してしまった。まるで叱《しか》られている子供のようだ。

「ったく、困らねぇ程度に働きゃいいだけだってのに、仕事が見つからねぇなら俺が紹介してやろうか。越してきて半年でもう店賃が払えねぇなんて、なにやってんだかよぉ」

自分でもそう思っている。情けない。座敷では鉄瓶の蓋《ふた》がかたかたと揺れ、白い湯気が噴き出している。湯は沸いたが、火鉢の熱は開いた戸口からみな流れ出ていく。

長治は戸口に行儀悪くしゃがみ込んで由太郎を見上げると、声の調子を落として言った。

「なあ、ためしに商売でもやってみねぇか。地紙《じがみ》売りでもよ」

「はい？」

「似合うと思うんだけどよ」

地紙売りというのは、扇子《せんす》の形に切ったさまざまな紙を売り歩く仕事だ。その場で手際よく紙を折り、客の扇子の紙と張り替える。地紙売りは粋な装いの美男と相場が決まっており、巷《ちまた》の娘たちの間では、地紙売りと話すこと自体が楽しみとなっていた。だがそれはずいぶんと昔の話だ。

「今どき地紙売りなんて」

芝居の中くらいでしか見たことがない。京の扇子が安くどこでも手に入るようになり、地紙売りは徐々に廃《すた》れてしまった。わざわざ骨だけ残して紙を張り替えて使う必要がなくなったのだ。

「知り合いでいるのさ。馬喰町《ばくろちょう》の馨《かおる》ってやつで、まあ変わり者だ。地紙売りを始める前からそうだ。どう変わってるかは会えばわかる。馨のほかに地紙売りなんざ知らねぇが、一番の売れっ子でな」

「それはそうでしょう。ほかにいないんだから」

長治は無視して続けた。

「相棒を欲しがってるんだが、どうだ？」

「でも、地紙売りは夏からじゃないんですか」

「気の早《はえ》ぇやつなのさ。毎年今時分、桜の咲く頃には始めてる」

由太郎は俯《うつむ》いて頭を掻《か》く。物売りか。おまけに女相手の商売となると、とても自分に向いているとは思えない。うまくすれば稼げるのかもしれないが、うまくなればなるほど、きっと医者からは遠ざかる。そんな気がした。

「俺に向いてるとは思えませんが」

「やってみなくちゃわからねぇさ。せっかく器量よしに生まれたんだ、もったいねぇよ」

そう言われると、ますます気が進まない。顔で目立てば、また藪《やぶ》のせがれと囃《はや》し立てられるのに、自らそんなことをするものか。

「俺の顔なんざ見てみな。犬と猫しか寄ってこねぇ」

長治は親指で自分の顔を指して笑ったが、そもそも人柄を信頼されているから、差配などという職が務まるのだ。由太郎に差配を任せる地主はいないだろう。

「稼げるぞ地紙売りは。それか、陰間《かげま》だな」

「げっ」と思わず由太郎は眉を寄せた。

男娼《だんしょう》の働く見世《みせ》を陰間茶屋という。

「長さん、身売りは勘弁」

いじわるそうに笑い、長治は部屋の中を見回す。

「もう質草になりそうなもんはねぇのか」

ここへ来た初めのうち、由太郎は家を出るときに持ち出してきたものを質に入れて店賃に換えていた。父や祖父や曽《そう》祖父が、治療の礼にと病人からもらった壺《つぼ》や掛け軸《じく》などだ。

物置部屋で雑多にしまわれ、埃《ほこり》をかぶっていたそれらは多少の金にはなったが、何十年と家にあったものなのに、金に換えた途端あっという間に消えた。

「もう、あとは、書物くらいしか」

医学書を質に入れるわけにはいかない。それだけはだめだ。

ふうん、と頷いて、長治は流しの棚に置かれた九谷焼の皿を指す。

「あれはどうだ？　見たところ使ってねぇようだし、少しは足しに」

「あれはだめです！」

とっさに出した声は思ったよりも大きくて、由太郎は自分でも驚く。

「おお、なんだ、そんなでけぇ声出さなくても」

「すみません」

「大事なもんか？」

大事ではないけれど。やはり売る気にはなれない。由太郎は俯いて、ゆっくりと頷いた。

「そうか、なら悪かったけどよ」

そこへからからと軽い下駄の音がして、長治の背後から、長屋に住む女髪結いの奈津《なつ》が顔を出した。

「あれ長さん、由太郎、また店賃払えないのかえ？」

奈津は由太郎より三つ年上で、母親と二人で住んでいる。いつもたすきと前垂《まえだれ》をして、自分で結った島田髷《しまだまげ》にはかんざしと櫛《くし》と笄《こうがい》とを目一杯挿している。櫛と笄は商売道具だ。客の髪を結うとき、いちいち道具箱から出すのでは手間だから、自分の髪に挿しておく。それをそのままにして帰ってくるのだ。由太郎の家は長屋の木戸に一番近いため、長屋に出入りする者はみな由太郎の家の前を通る。

「お奈津、もう仕事終わりか？　ずいぶん早《はえ》ぇな」と、長治が振り返る。

「なに、今朝は一番に来とくれって客がいてね。あとは昼過ぎさ」

かんざしの先で頭を掻く。奈津は働き者だ。たすき掛けをしていない日はない。働くために食べ、目覚めるために眠る。そんな女だ。稼ぎがよく気も強く、男勝りという言葉がよく似合って、その上美人だ。そのためか、奈津が出てくると、由太郎は少しばかり気が滅入った。自分と比べ、居たたまれなくなってしまうのだ。

「あらま」と、奈津が声を上げる。

見ると、奈津の足元をすり抜けて猫が二匹、長治のもとへ駆けてきた。二匹まとめて抱き上げ、長治が顔をすり寄せると、猫たちはごろごろと喉《のど》を鳴らした。長治は猫を五匹と犬を一匹飼っている。越してきたときに、こっちは萩《はぎ》でこっちは牡丹《ぼたん》、などと名前を教えられたが、由太郎にはどれがどれだか見分けがつかない。そんな風流な名が合っているのかすらよくわからない。犬などは、薄汚れた黄色っぽい体をしているのに、桂《かつら》という洒落《しやれ》た名をもらっている。

「おお、どうした？　腹が減ったか？　ん？」

にゃあ、と鳴いた猫に、長治も「にゃあ？」と返事をしている。

「おお、そうかそうか。朝飯はやったはずだが仕方ねぇな。にゃぁう、にゃあ」

由太郎は昨日の次嶺の言ったことを思い出していた。

なるほど、これが遊ぶということか。長治は今、猫の言葉で遊んでいるのだ。奈津はけらけらと笑って見ていたが、由太郎はつい眉をひそめていた。気付いた長治が睨《にら》む。

「おめぇよう、店賃払わねぇだけならまだしも、俺の猫たちが嫌《きれ》ぇだっつうんなら、今すぐにでも出てってもらうぜ」

声が低い。長治は本気で言っている。

「いや、嫌いじゃないんです、その、慣れてないだけで」

猫や犬の毛が薬に入ってしまうと作り直さなければならなくなってしまうから、鷹原の家では庭にすら猫が入り込まないように気をつけていた。そのため、犬猫をかわいがる長治の気持ちもよくわからず、匂いにもまだ慣れない。

長治はフン、と鼻を鳴らすと、大事そうに猫たちを地面に下ろした。ぱんぱんと手をはたくと猫の毛が舞って、由太郎は思わず袖で鼻と口を覆った。長治はもう一度ぐるりと家の中を見回して、行灯《あんどん》の傍《そば》に積んである医学書に目を留める。

「医者をやってもいいんじゃねぇの？　お上の許しがいるわけでもねぇんだろ？」

「それはそうですが」

「ここらのもんは助かるぜ？　なあお奈津。お袋さんだって近くに医者がいたらいいだろ？」

ええ、と奈津は顔をしかめる。

「なんでぇ、どうした」

「医者なら誰でもいいってわけじゃないのさ」

奈津の言い方に、今度は長治が困ったように眉を寄せる。

「おい、由太郎が藪と決まったわけじゃ」

「そういうことじゃないの」

「じゃあどういうことでぇ」

「あのね、長さんは人がよすぎるのさ。どうせ由太郎のことも、拾ってきた猫の一匹くらいに思ってるんだろ？」

「なんだ、えさはやっちゃいねぇぞ。かわいがってもいいねぇ」

長治のとんちんかんな答えに加え、猫たちまで由太郎とは違うと一斉に抗議の声を上げたものだから、奈津はぷっと噴き出した。

「やだよ長さん、そういうことじゃないの。なんだい、あんたたちまで」

明るい笑い声に由太郎の隣の部屋の戸ががらりと開いて、指物師《さしものし》の伊助《いすけ》が顔を覗《のぞ》かせた。歳《とし》は二十五。箪笥《たんす》や煙草盆《たばこぼん》や硯箱《すずりばこ》を作るのが仕事で、着物も頭に巻いた手拭いも顔も、いつでも木屑《きくず》まみれだ。

「おう、おもしろそうだな、なんの話だ」

木屑を払い、下駄をつっかけていそいそと出てくる。伊助はいつでも楽しいことの気配に敏感だ。

「違う違う、由太郎の話だよ伊助さん」

「由太郎の?」

「そうさ」

こちらをちらりと見る伊助に苦笑いで応《こた》える。医者の話が始まった辺りから、由太郎は逃げ出したかった。だが、奈津の話には、いつも口を挟むことさえできない。奈津はこほんと一つ咳《せき》払いをすると、急に厳しい顔をして言った。

「いいかいあんた、いい加減におしよ」

ぴしゃりと音のするような声に、由太郎の顔からは苦笑いがすっと引いていった。長治と伊助が顔を見合わせ、猫たちは黙る。

「あんたがいろいろ大変なのは知ってるよ。だから長屋のみんな、あんたのことを気にかけてるんだ。妹のことは、それはそれはつらかったろうよ」

由太郎は思わず顔を伏せた。気後れせずに言うところが奈津らしいが、今は聞きたくはない。

「そんなこと誰にだってわかるさ。でもね、由太郎！」

顔を上げて聞けとばかりに、視界に突然入ってきた下駄が容赦《ようしゃ》なく足を踏んだ。

「いって！」

由太郎は思わず奈津を睨みつけるが、奈津の目の方が真剣さは上だった。

「いつまでも同情してもらえると思ったら大間違いだよ！　暗い顔ばっかしやがって。長さんは人が好《い》いからああ言うけどね、あんたみたいな甘ったれ、医者になったところで、あたしはあんたにおっ母《か》さんを任せたりはしないよ！」

そう言うと、独楽《こま》かと思うほどの早さでくるりと踵《きびす》を返し、奥の家へ入って音も荒く戸を閉めた。長屋全体が揺れたかのようだった。残された男三人は言葉も出ず、ただその後ろ姿を見送るだけだった。猫まで目を丸くしている。

「さぁすが、なっちゃん」

しばらくして伊助が言った。腕を組み、なぜか感心したように頷いている。

「俺までひっぱたかれたみてぇだ」

「いや、踏まれたんですよ俺は」と、足の甲をさすりながら由太郎は呻《うめ》くように言うと、伊助も足を覗き込んだ。

「いてぇか」

「そりゃそうです」

「そりゃあ、あんだけ言われりゃあな」

由太郎は足をさする手を止める。確かに、痛いのは足の甲だけではなかった。何一つ言い返せなかった。本当に容赦のない女だ。長治の方が何倍か甘い。

「で、どうすんだ由太郎」

猫たちを抱き上げて長治が言う。

「え?」

「え、じゃねぇよ。医者さ」

「それは」

やりたいけれど、ああまで言われたあとですぐには答えられない。黙り込んだ由太郎の頭をぽんぽんと撫《な》でて、伊助は自分の家へと入っていく。

「なっちゃんもあれで心配してんのさ」

戸の閉まる音にまじってそう聞こえた。そうだろうかと考えていると、残った長治がため息まじりに言う。

「とにかく、だ。とりあえず何日か待ってやっから、ちゃんと仕事探して、店賃払えよ。払うんなら医者でも陰間でもかまわねぇさ」

「長さん、俺は」

「あと火事、出すんじゃねぇぞ。行灯の傍に本積むな」

猫を二匹抱えて、長治は木戸から出て行った。

戸口に一人、背中には鉄瓶のシュンシュンと鳴る音が聞こえる。やがて隣から鉋《かんな》がけの音がやけに大きく聞こえ始めると、由太郎は堪《こら》え切れずに長屋を飛び出した。


それから一刻ののち、由太郎は日本橋《にほんばし》にいた。橋の袂《たもと》の柳の陰から、行き来する人々を眺める。地紙売りができるとは思わないが、何か自分にもできる商売があるかもしれない。いつまでも店賃を払わないわけにもいかないのだ。今だけは医者から離れることになっても仕方がない。

さすがは江戸の中心地日本橋だ。商家が立ち並び、籠《かご》や笊《ざる》に売り物を目一杯盛った棒手《ぼて》振《ふ》りも次から次へと通る。大工や左官といった力仕事は無理だし、今さら商家の奉公人《ほうこうにん》になってやっていける気もしない。だとしたら、始めたいときに始められ、辞めたいときに辞められる棒手振りがいい。

朝のうちは卵売りや納豆売り、あさり売りや豆腐売りなどが多い。昼近くになれば食べ物のほかに、眼鏡売りや煙草売りに、紙屑買いなども出てくる。笠《かさ》を深く被ればどれかはできそうだと、通り過ぎる棒手振りたちをあちこち目で追っているうちに、見知った男が目に入った。あちらも由太郎に気付いた途端、まるで獲物《えもの》を見つけたかのようににっと笑って通りを渡り、ずんずんとこちらへ向かってきたので、由太郎は思わず三歩下がる。

「ああ待て待て。そんなに怯《おび》えるな、鷹原の三代目」

ちょいちょいと手招きをする男の名は、小田島陽堂《おだじまようどう》という。由太郎より六つ年上で、こちらも医者の息子だ。陽堂の父が由太郎の祖父の弟子だったこともあり、商売敵《がたき》の家というよりは、親戚に近い。頼れることもあるが、会いたくないときも多い。

「四代目です。怯えてません」

「そうか？　逃げたように見えたけどなぁ」

「それよりどうしたんです。その頭」

由太郎は陽堂の頭を指した。髪の一本もないその頭は剃り立てらしく、つるりとして眩《まぶ》しかった。陽堂は自分の頭をぱんと叩き、それからぐるりと撫でた。

「見ての通りよ」

「何かしくじって出家ですか」

「馬鹿《ばか》言うねい」

笑いながら軽く睨んでおいて、陽堂は言う。

「いよいよ俺も家を継ぐことを考えなきゃいけなくなってきてな。小田島家の医者は、代々剃髪《ていはつ》だからな。未練があっても仕方ねぇさ」と言って、ぱんぱんとまた頭を叩く。

「ああ、お父上も剃髪でしたね」

陽堂の父は評判も良く家は裕福で、陽堂は遊び人で有名だったが、いよいよ観念したのだろうか。

「由太郎はここで何してんだ？」

答えあぐねていると、往来からまた、由太郎を見つけてやってきた者があった。陽堂が手を上げる。

「よお、野崎《のざき》の四代目。久しぶりじゃねぇか」

「三代目だ。しばらく会わぬうちに忘れたか陽堂」

そう返したのは、陽堂と同じ年頃で儒者髷《じゅしゃまげ》の、野崎周吾《しゅうご》という若い医者だった。やはりこちらも鷹原家とは親交の深い医者の家柄だ。長崎へ遊学へ出ていると聞いていたが、帰ってきたらしい。周吾は二人をじろじろと見て笑う。

「しかし目を引く取り合わせだな。男前と坊主頭とは。すぐに見つけられたぞ」

「だろう。男前で剃髪はめずらしいからな。ぞっとするようだろう。俺ばっかり目立って悪《わ》りぃな由太郎」

「よくもまあその面《つら》で言える」

「けけけ。さっきから坊主と間違えられて、すれ違いざまに手ぇ合わせられるのよ」

「着る物を選んだ方がいいな。黒ばかり着てるから、袈裟《けさ》を脱いだ坊主と思われるんだ」

幼馴染《おさななじ》みの二人は軽く言葉を交わしたあと、周吾が由太郎に向かって言う。

「由太郎、お前、家を出たらしいじゃないか」

「え、そうなのか」と、驚いたのは陽堂だ。

「なんだ、お前知らなかったのか。江戸にいたんだろう」

「知るもんか。こちとら吉原《よしわら》通いで忙しいんだ」

「これだから金持ちは」と、周吾は額《ひたい》に手を当てる。

「吉原だけじゃねぇ。品川《しながわ》も深川《ふかがわ》も行くぞ」

「そういうことを言っているのではない」

性分の違う二人の会話は、いつも嚙《か》み合っているようで嚙み合っていないが、喧嘩《けんか》をするほど仲は悪くない。やれやれとため息を吐いた周吾は、そこで思い出したかのように由太郎を見た。

「由太郎、学問は続けているのだろうな」

「ええ、それはもちろん」

「そうか。ならばいい。今はどこで何をしようが、鷹原家はお前が継ぐのだからな」

周吾の言葉に少し考えて、由太郎は首を横に振った。

「うちには、宝介《ほうすけ》がいますから」

「白遼《はくりよう》先生の弟子のか」

「ええ」

「ああ、あの甲府生まれの出来の良い。あいつだろ、かんざしみてぇにまっすぐぴしっと立つやつ」

由太郎が目を伏せている間に、二人は顔を見合わせているようだった。

「親父《おやじ》さんと、うまくいかないのか」と、いつになく神妙な声で陽堂が訊《き》いてくる。由太郎は答えに困ったが、黙っていてもいずれはわかることだった。

「父だけじゃありません。母も」

「あんなことがあったのだ、仕方あるまい」

周吾は梓のことを指して庇《かば》うように言ったが、由太郎はまた首を振った。

「それよりも、もっと前からです」

九谷焼の皿の一件以来、父は由太郎をあてにしなくなった。それは己の両肩がよく知っている。身が軽くなった代わりに、居場所も足元の地面までも失って、由太郎はふらふらと宙をさまようように生きてきた。もうずっとだ。そこへ藪医者の噂が立ち、母は父と由太郎をなじるようになり、梓の一件がとどめを刺した。

「由太郎のことだから、勘違いしているということはないだろうが」と、口を閉ざす由太郎に、周吾は困ったように言う。

「白遼先生はけして藪医者などではないよ。世の評判など気にすることはない」

気配りの周吾らしい励ましだと、由太郎はどんな顔をしていいかわからぬまま頷く。

「もしまだ家に帰りたくなくて、学ぶ場所に困るようなら、父が今度塾を開くそうだから、うちへ来るといい」

「親父さんが？」と、横で驚いたのは陽堂だ。

「ああ。ああいう、口だけの医者が世にはびこるのが許せないそうだ」

周吾が顎で指したのは、向こうから歩いてくる、頭巾《ずきん》から着物、足袋《たび》にいたるまで紫ずくめの妙な男だった。医者を名乗り、己のように全身紫ずくめにすれば、病が治ると吹いて回っている。

「この前までは赤ずくめだったよなぁ」

すれ違いざまに陽堂がわざと大きな声で言ったが、あちらは気にした風もなくそのまま行ってしまった。陽堂は舌打ちをして、風通しのいい頭を撫でた。

「ああいうのを藪っつうのさ。白遼先生とはちげぇよ。しかし塾とは、相変わらず熱心だなぁ、元徳《げんとく》先生」

「陽堂が熱心でないからそう思うのだ。我が家はいつもこんなものだ」

それから周吾は由太郎を見る。

「なに、お前を鷹原家から取ろうというのではないから安心しなさい。鷹原家には恩義がある。そもそも父は、お前のお祖父《じい》様の弟子だからな」

「そんな、疑っているわけでは」

「ならばいい。ではな」

「あ、周吾さん」

由太郎は周吾の背中を呼び止める。

「長崎は、どんなところでしたか」

そう尋ねると、周吾はこれまで見たこともないきらきらとした顔で言った。

「素晴らしかった。由太郎、まだまだ学ぶことはあるぞ。世界が広いというのは本当だった」

最後に、ドウイ、と言って周吾は背を向けた。

「ありゃ阿蘭陀《おらんだ》語だな。たしか、またな、とかそんな意味の。かぶれやがって周吾の奴め」

苦々しく言って陽堂も周吾に続き、二人連れだって日本橋を渡っていく。由太郎は周囲の目から隠れるように、また柳の陰に身を寄せた。脇を通る棒手振りの掛け声に、うんざりとして目を閉じる。

あの二人と話したあとでは、棒手振りの商人になる気など失せてしまった。べつに商売人より医者の方が立派だと思っているわけでも、あの二人に見栄を張りたいわけでもない。ただ、やはり自分は医者になりたいのだ。

元徳先生の塾に行ってみたい。あの先生は蘭学が得意だから、勉強になることも多いだろう。蘭学を一人で学ぶのは限界がある。だったら立派な師の下で学びたい。

ああ、だが今月の店賃はどうしたらいいだろう。いくら親しくとも、塾だってただというわけにはいかない。

長崎はどんなところだったかなんて、あんなこと訊くのではなかった。惨《みじ》めになるばかりだ。さっき長屋で惨めな思いをしてきたばかりだというのに。

一つうまくいけば、何もかもがうまく回り出すような気がするのに、実のところは店賃さえ払えずに初めの一歩すら踏み出せない。柳の枝越しに見上げた空はよく晴れていて、由太郎は余計に憂鬱《ゆううつ》になる。柳の木を背でなぞるように、ずるずると地べたに座り込む。

母が梓の嫁《とつ》ぎ先を決めたとき、父が言った。

「何も武家でなくとも。おまけに後添《のちぞ》えだと？　梓はまだ十六だぞ。医者の家にも、若くて有望な者はたくさんいる。今は長崎へ行っているが……」

あれは野崎周吾のことを指していたのだ。だが大店《おおだな》から嫁いで来たものの苦労ばかりの母は、父の言葉を遮《さえぎ》り、当てつけるように言った。

「いくら学問を積み重ねたとて、いつどうなるかわかりませんからね」と。

父はそれから、縁談の話になると黙り込むようになった。

由太郎も、梓は周吾か陽堂のどちらかに嫁ぐものだと、昔からなんとなくそう思っていた。梓も口にこそ出さなかったが、そうなるものと思っていたのではないだろうか。もしも周吾か、恋仲の八弥に嫁がせていれば、今頃梓はどうしていただろう。

今さら考えても仕方のないことだ。由太郎はため息をつく。

梓の幽霊が心中した場所とも家とも違う場所に現れたのは、一体何のためか。この世に未練があるとしたらそれは何か。どうして由太郎の呼びかけに応えないのか。

次嶺には、あの不思議な男にはわかるのだろうか。

目を閉じると、瞼《まぶた》の裏の光が暖かい。雑踏と喧騒《けんそう》とが徐々に遠くなっていく。


梓が嫁ぐ前の晩、由太郎は梓の部屋を訪ねた。座敷には明日の朝に着る打掛が、衣紋掛《えもんか》けに広げて掛けられていた。金の刺繍《ししゅう》が行灯の明かりをはね返してきらきらと輝いていたが、それは同時に壁のような威圧感を持って由太郎を出迎えた。

これを身に纏《まと》った梓は二度と帰ってこないのだという、鷹原家と梓との間をぷつりと断つもののようだった。

嫁ぎ先へ持参する長持に囲まれた真ん中に梓はいて、座って打掛を見上げていた。声をかけると、「兄様」と背中で言ったきり、何も言わなくなってしまった。

「明日」

そう由太郎が切り出そうとすると、梓はぴしゃりと言った。

「明日の話はしないでくださりませ」

由太郎がわずかに怯《ひる》んだのは、その言い方が母に似ていたからだった。行灯の火が揺れ、灯芯の燃える微《かす》かな音さえも聞こえた。重い沈黙の降り積もるのに堪えられなくなった由太郎が口を開こうとしたとき、肩越しに振り向いて梓が言った。

「兄様は、これからどうなさいます」

「これから？　今夜は宝介と飲み明かそうかと思っているが」

そう答えると、梓はきれいな弓形の眉を歪《ゆが》めて笑った。

「今夜のことでなくて。わたしが嫁いだあとのことにございますよ。これからどうなさいます」

梓の黒い目の中に、行灯の光が揺れている。由太郎は少しの間、ほのかな明かりの照らす欄間《らんま》を見上げて考えたが、これといって思いつかなかった。

「どうと言われてもな。今までと変わらないのではないか」

「今までと」

「ああ。変わらずに、学問を続けていると思うぞ」

「お医者様になるために」

「それはそうさ」と、由太郎は笑って答えた。

「医学書を読んで、それから？」

梓の声には、問い詰めるような強さがあった。

「それから……何だろうな。父上のお傍についいて、漢方の煎《せん》じ薬を作っているかな」

「今までと同じように」

「そう、今までと同じように、だ」

「そしていつかお医者様になるのですね」

「そうだ、いつかな」

　宝介は何においても由太郎を上回っているし、父は宝介にばかり熱心になっている。自分が医者らしい医者になれるのは、宝介から何年遅れてのことだろう。わかっているがゆえに、はっきりとしたことは言えなかった。梓の気を逸《そ》らそうとして、無理に笑う。

「梓のおかげで家も楽になる」

　梓はふっと俯きがちに、顔をまた打掛の方へと向けた。その後ろ姿には、先ほどまでとは違う何かが宿っているような気がしたが、それが何なのかまでは由太郎にはわからなかった。ゆっくりと打掛を見上げる。

「楽しみではないのか、明日が」

　梓は振り返りながら笑った。

「それは楽しみでございますよ。ええ、とても」

　目尻に深くしわの寄る笑い方で、梓はこんな笑い方をしただろうかと、薄暗い部屋の中で由太郎の心もわずかに翳《かげ》った。

「でも、今夜の方がもっと楽しみなのでございますよ」

くすくすと、梓は声を立てて笑っていた。行灯の火は風もないのに揺れ、消えそうになったかと思うと急にまた大きくなり、壁に梓や打掛の影を濃く映し出す。まるで生きているかのような火だった。

その晩のうちに、梓は姿を消した。

打掛と長持でいっぱいの部屋の行灯の火もそのままに、部屋の真ん中から梓だけが消えたのだ。

翌朝早く、隅田《すみだ》川沿いの河原で、心中した若い男女が見つかった。掛けられた菰《こも》から白い脚《あし》が四本出ていたのを覚えている。頭に手拭いをかぶり、草履《ぞうり》も履《は》いていない裸足《はだし》の女は梓だった。男の方は家に出入りしている貸本屋で、由太郎も顔を知っていたが、梓と恋仲であることは知らなかった。

おびただしい量の血が、二人の体に赤黒くこびりついて、手の施《ほどこ》しようのないことを知らせていた。

気を失えた母が羨《うらや》ましい。由太郎は二人が別々の戸板に乗せられて運ばれていくのを、あとを追うことも、母を抱き起こすこともできずにただ見ていた。

家に帰ると、昨晩梓の座っていたところを、ただぼうっと立って眺めた。

昨晩のやり取りと、己の言葉の一つ一つを思い出し、由太郎は膝《ひざ》から崩れ落ちる。なんと馬鹿なことを口走ったのだろう。だが気付くのは遅すぎた。もう何もかも終わってしまったのだ。

貸本屋の男から、梓はいつも源氏《げんじ》物語を借りていた。長い長い恋の物語を、つい数日前に読み終えたところだった。最後の、夢浮橋《ゆめのうきはし》の巻を男に差し出すその白い手を、由太郎はたまたま見ていたのだ。

あのときにはもう決まっていたことなのだろうか。

目尻にしわの寄った、昨晩の梓の笑顔を思い出す。

兄様は、これからどうなさいます。

思えばあのとき梓の背に感じたものは、言葉で表すならば、赤黒く燃える炎のようなものであった。地獄《じごく》絵図にある色の炎は、梓の身の内から生まれたのだ。

人々の雑踏に、錫杖《しやくじよう》で地面を突くような音がまじり始める。錫杖につけられた、いくつもの金《かね》の輪の鳴る音だ。願人坊主《がんにんぼうず》でも近くにいるのだろうか。錫杖の音は同じ拍子で続いていく。由太郎は頭の中で唱え始める。

慚愧《ざんき》、懺悔《ざんげ》、六根清浄《ろっこんしょうじょう》、六根清浄。

慚愧、懺悔、六根清浄、六根清浄。

近頃流行《はや》りの信仰の、己の行いを懺悔し、目、耳、鼻、口、身、意の六根を清めるために唱える言葉だ。

唱えるだけで清められたらどんなにいいだろうか。己は身も心も、不浄ばかりのような気がしてくる。

六根清浄、六根清浄。

六根清浄。

兄様は、これからどうなさいます。

流しの棚に置きっぱなしの色鮮やかな紅梅の皿と、陽堂と周吾の顔とが交互に浮かぶ。

父は藪医者ではないという。

ならばなぜ、こんなにもうまくいかないのだ。なぜ梓は死ななければならなかったのだ。

錫杖の音は次第にはっきりとし、近付いてきた。拍子が乱れてくる。その音が不快に聞こえ、眉をひそめた途端、光が遮られて瞼の裏が暗くなった。同時に錫杖の音が止まる。

「由太郎殿?」

目を開けると、次嶺が立っていた。

「外で昼寝をするのがお好きですかな。日本橋ではさすがに財布を掏《す》られますよ」

道具箱を背負い、出で立ちは昨日と変わらないが、日本橋で見る次嶺はなんとなく影の薄れたような、ただの冴《さ》えない男だった。おかしなところなど微塵《みじん》もない。ほっとした反面、金の工面のことを思い出し、由太郎は顔に苦々しさを滲《にじ》ませる。

「空の財布を掏るやつもいまい」

「おや無一文」

「おもしろそうに言うな」

「顔もしけておりますな」

「やめろって」

へらへらと次嶺は笑う。こうしていると、川獺《かわうそ》と平気で言葉を交わす男にも、そら恐ろしい生い立ちのある男にもまるで見えなかった。

「次嶺こそ、こんなところで何をしている」

「何ってそりゃあ、仕事ですよ」

次嶺が背中の道具箱を揺らすと、がちゃりと硬い音がした。道具箱にぶら下げられた蝶番《ちょうつがい》や、引き出しの中の錠前《じょうまえ》の鳴る音だ。願人坊主の錫杖と思っていたのは、どうやらこの音だったらしい。

「三軒ばかり、来てほしいと言われたものですから」

「なんだ、忙しいんだな。錠前屋というのも」

のろのろと由太郎は立ち上がる。

「へえ。それだけ町が豊かになった証《あかし》でございましょう。では、急ぎますので失敬」

そう言うと、次嶺は日本橋を南へ歩いていった。

町が豊かになった証か。たしかにそうかもしれない。鍵を掛けるのは、それだけ大事なものがあるからだ。守りたいものを持つ人が増えたのだ。

次嶺の歩く速さは一定で、背中で鳴る音はまた錫杖の音じみてきた。

慚愧、懺悔、六根清浄、六根清浄。

由太郎は何かおかしな気がして目をこすった。人混みの中を歩く次嶺の後ろ姿が、急に霞《かす》んで見えたのだ。もう一度見るとその背中はまたはっきりと見えるが、なぜだろう、今度は周囲から浮かび上がっているように見える。ざわざわと騒がしい町の中、蝶番のぶつかる重々しい音が、淡々《たんたん》と続いていく。ふと、昨日の次嶺の言葉を思い出す。

あれ以来、己が生きているのか死んでいるのかもわからないのでございますよ。

寒気がした。白梅辻に立つ幽霊は、はっきりとこの世のものではないとわかるのに、次嶺はこの世のものとも、あの世のものとも言い切れなかった。後ろ姿はどこか、蠟燭《ろうそく》の灯火《ともしび》のように頼りない。

まるでこの世とあの世の狭間《はざま》を歩いているようだ。

次嶺の後ろ姿が見えなくなったあとで、由太郎は我に返って気付く。

そうだ、忙しいのならば、人手がいるのではないか。これは良い思いつきだ。大工ほどの力仕事でもなく、町の隅《すみ》から隅まで歩き回って客を探すこともない。錠前のある家は限られている。

由太郎は急いで日本橋の人混みの中へと飛び込んだ。おかしなもので、探しているときにはあの錫杖のような音は耳に入ってこず、由太郎は次嶺を何度も見失った。昨日からずっと、次嶺を追いかけてばかりだ。

「おーい、次嶺！」

ようやく追いついたとき、次嶺は米問屋の山吹屋《やまぶき》へ入っていくところだった。表店《おもてだな》からしてどっしりとした土蔵造りの大店だ。店先では奉公人たちが、掛け声とともに米を搗っいている。

「なんです、そんなに汗をかいて」

「次嶺が止まってくれぬからだ！」

走った勢いに任せて、由太郎は顔の前でぱんと手を合わせた。

「錠前屋の仕事を手伝わせてくれないか！」

「はい？」

「働かせてほしいんだ」

合わせた手の陰から、目を細く開いて次嶺を見る。何度も目を瞬《またた》いた次嶺は、ああ、と先ほどのやり取りを思い出してか、にっこりと笑って言った。

「金がないのですね」

「はっきり言うな！　はっきりと！」

「かまいませんが、役立たずには給金は出しませんよ。私もそれで暮らしておりますのでね」

あっさりとそう言って、次嶺は山吹屋の暖簾《のれん》をくぐる。

山吹屋の丁稚《でっち》は次嶺の顔を見ると店を出て、二人を連れて塀づたいに路地を曲がり、裏木戸へと通した。表通りからはわからなかったが、山吹屋の敷地にはかなり奥行きがあった。そこに漆喰《しっくい》の白も眩しい蔵が二つ、並んで建っている。

「惣五郎《そうごろう》さんを呼んでまいります。お待ちください」と言い置いて、丁稚は表店へと戻っていった。表通りの賑わいが、ここでは幾分遠く聞こえる。

「蔵の錠前を直すのか？」

由太郎が尋ねると、次嶺は道具箱を地面に下ろして言った。

「今日は錠前と蝶番《ちょうばん》に不具合がないか見るだけですよ。錠前とは、そう簡単に壊れるものではございません」

次嶺は道具箱の引き出しに入っていた小ぶりの錠前を、ぽんと投げて寄越す。慌てて差し出した両手に落ちたそれは、思っていたよりもはるかに重かった。鉄を煮詰めて飴《あめ》のように固めたら、こうなるのではないかと思ったほどだ。形はよく見るものだ。扉の取っ手にかけた鎖に通すツルの部分があり、その下の厚みのある鉄の部分の正面に、鍵穴が刻まれている。

「こんなに重いのか」

見たことはあるが、手にしたのは初めてだ。

「そりゃあ鉄ですから」と、今度は鍵を放ってくる。錠前も鍵も、表面はざらざらとして冷たく、黒く鈍い光を放っていた。

「開けてごらんなさい」

渡された鍵を鍵穴に差し込み、左に一周回すと、ぴんと高い跳ねるような音がして、ツルの部分がごっそりと左へ抜け、錠が開いた。

「仕組みはどうなっているのだ？」

鍵穴や、ツルを抜き取った穴を覗いても、中は暗くてよく見えない。

「さてね」と、次嶺は素っ気なく笑う。

「仕事を習いに来たのだから教えてくれてもいいではないか」

「これは爺《じい》様の鍵です。死人の手の内を明かすなど、墓を暴くも同然にございましょう。罰《ばち》が当たりますよ」

それから少しいじわるそうに頬《ほお》を歪めて付け足した。

「ですが、仕事を三日続けられたら、少しは教えてあげますよ」

次嶺は端《はな》から由太郎に続けられるとは思っていないのだ。由太郎は諦めて、また遊ぶように手の中の錠前を開けたり閉めたりしていた。

「たしかに、壊れることはなさそうだな」

「そうでしょう。鋳物《いもの》ですから。開かなくなっても、たいていは鍵穴にごみか何かが詰まっているだけです」

そうか、と答えて次嶺に錠前と鍵を返すと、手の平が茶色く汚れていた。鼻を近付けると、鉄の匂いがする。

「鍵を失《な》くしたらどうなるんだ？　また作れるのか？」

問いにはたいした意味も理由もなかった。意識は鉄の匂いの方へ惹《ひ》かれていて、間を埋めるように口から出ただけの問いだった。だが、次嶺はきっぱりと答えた。

「その錠前は二度と開きません」

　あまりにもはっきりと言われたものだから、由太郎は言葉を失った。開きません、と次嶺は繰り返す。笑みさえ浮かんだその顔とは似ても似つかないのに、なぜだか父の顔を思い出した。由太郎に、医者にはなれないかもしれんと告げた顔だった。

「そう、なのか」

　心臓が凍りそうな心地の中で、たどたどしく口にする。次嶺は由太郎の様子には気付いていないのか、すらすらと言葉を並べ立てた。

「それはそうです。鍵がなければ、銭箱でも蔵でも、壊して開けるしかありません。正しい錠前には正しい鍵を差すしかないのです。鍵の先にあるでこぼこした面をツメといいますが、ツメの形はそれぞれ違い、形が少しでも違えば絶対に開かないようになっているのです。今渡した錠前は一番単純なものですが、これでさえ、鍵を持たない者が開けることは決してできません。錠前破りなんてのは、絵草子と芝居の中だけのものですよ」

　妖《あや》しくおぼろげなところのある男が、鍵についてだけは真実味のあることを言う。だからこそ、すべて本当のことなのだろうと思えた。由太郎は己の手を見る。

「そうか」

鍵を失くせば二度と開かない。

「ええ、錠前に合う鍵というのは、一つしかないのです」

念を押すようなその言葉に、気付くと眉根を寄せていた。次嶺は当たり前のことを言っているだけなのに、なぜこんなにも気が重くなるのだろう。

汗ばんだ手の平を何度拭っても、鉄の匂いは取れなかった。

次嶺が錠前をしまい、道具箱の引き出しを閉めたところで、店の裏から一人の老人が出てきた。惣五郎という人物だろう。次嶺が会釈する。

「おや、今日は二人かね。めずらしい」

惣五郎は白いふさふさの眉をしたいかにも好々爺《こうこうや》風の人だったが、眉の下から覗く、しわに囲まれた目の光は鋭かった。

「見習いの由太郎です」

由太郎が名乗って軽く頭を下げると、惣五郎は由太郎の職人らしからぬ身なりに眉をひそめたが、何も言わずに頷いた。惣五郎は山吹屋の番頭だったのだと次嶺が代わりに話しながら、由太郎にたすきを寄越す。

「今は若い者に譲りましてな。お店《たな》も代替わりして、今の旦那《だんな》様がしゃべり出す前から知っておるから、いても目の上のたんこぶだろうて」

背筋もしゃんとして、声にも老いを感じない。なるほど。だからこそ、目の上のたんこぶになることもある。

「今はしがない蔵番だよ」

そう言って惣五郎が蔵の大きな錠前を開け、観音《かんのん》開きの分厚い扉を三人がかりで開けると、その奥には格子状の木の引き戸があった。二重扉になっているのである。次嶺は引き戸の足元にしゃがみ込むと、今度はまた別の、先の曲がった鉄の棒に木の取っ手の付いたものを持って何かしていたが、手元を見せてはくれなかった。

「これもやはり、この扉にはこの鍵でなければ開かないのです」

その言葉で鉄の棒も鍵であることがわかったが、それだけだった。

やがて木の引き戸が開くと、むせ返るような稲藁《いなわら》の匂いが、一気に外へ流れ出してきた。蔵の中には米俵《こめだわら》が山と積まれている。惣五郎は満足そうにその匂いを嗅《か》ぐと、じゃあとは頼むよと言い置いて、店の裏手に積まれた材木に腰かけ、煙草を吸い始めた。惣五郎の仕事は次嶺と由太郎を見張ることなのだろうが、次嶺はすっかり惣五郎の信頼を得ているようだった。

「では」と、次嶺が立ち上がり、膝を払って言う。

「由太郎殿は上の窓の蝶番を見てきてくだされ。軋《きし》むようなら油を注して、錆《さ》びていれば呼んでください」

言われるがまま、油差しを持って二階へ上がる。東向きに二つ並んだ窓は開いていて明るく、階段を上がるのに不便はなかった。二階には米俵はなく、行李《こうり》や鍵の掛かった長持が並んでいた。古い帳簿でもしまわれているのだろう。

窓の蝶番を調べ、錆《さび》も軋みもないことを確かめると、由太郎はしばらくその場で風に当たっていた。通りからは見えない、日本橋の裏側は穏やかなものだ。どこかの店のご隠居が庭を眺めて句を詠《よ》んでいるし、細い路地ではこれまたどこかの丁稚が、紙に包んだ菓子を袂から出してこっそりと頬張っている。

「あの見習いは下りてこないな」と、窓の下から惣五郎の訝《いぶか》しげな声が聞こえた。

「手間取っておりますかねぇ。なにせ先ほど弟子にしたばかりで、まだ何もわからないでしょうから」

蔵の入り口で次嶺が答えると、惣五郎の声が不満そうに歪んだ。

「なんだって、そいつは困るよ。蔵の鍵に細工でもしてるんじゃないだろうね」

「身元の確かな者でございますから、盗人《ぬすっと》ではございませんよ」

苦笑を浮かべていることがありありとわかる声で言ったあと、次嶺は付け足した。

「それに、爺様の鍵に細工のできる者などおりません」

やけに自信のある言い方だったが、惣五郎はその一言ですんなりと引き下がった。ああそうだった、すまんと笑いながら言って、この件はしまいになった。惣五郎はまた煙草をくゆらせ始めたらしく、癖のある匂いの煙が窓から漂ってくる。次嶺の爺様は、よほど凄《すご》腕《うで》の錠前師だったのだろうか。

由太郎は窓に背を向ける。真っ暗な中に、小さな窓から切り取られた光が差し込んでいる。影の中にある足元は冷たく、光の当たる頭だけが暑くて、目の前がちかちかとした。

その錠前は二度と開きません。

さっきは何か鋭いもので胸を突かれたようだった。その理由もわかっている。己は鍵を失くしたのだ。医者という道に繋《つな》がる扉の鍵を。きっと己の鍵は、九谷焼の皿をまとめて埋めようとした、あのときに失くしてしまったのだ。

床板を軋ませて階段を下りると、次嶺が隣の蔵を指差した。

「はい、次はあちらですよ」

惣五郎に目をやると、彼は材木に腰かけて煙管《きせる》を手に持ったまま、舟を漕《こ》いでいた。いつの間にか数匹の猫が、惣五郎の周りに集まっていた。米問屋なのだから、鼠《ねずみ》を獲《と》るために猫を飼うのは当たり前だ。だというのに、由太郎は苛《いら》立《だ》たしく猫を見回した。また猫か。

山吹屋の猫たちは年を取っているようで、少し歩いたかと思えばすぐにごろりと横になって眠った。

「由太郎殿」

「少し疲れた。休む」

「おや、もうですか」

次嶺の呆《あき》れた声には答えず、由太郎は蔵の入り口に座り込み、膝に頬杖をついた。次嶺は蔵の扉についていた錠前の鍵穴を吹き、埃を飛ばしていた。

暖かい日差しの中には、蔵から溢《あふ》れ出た稲藁の匂いが漂っている。あるいは、惣五郎や猫たちの体に染みついている匂いなのかもしれない。米と藁の匂いは、きっと惣五郎のしわの奥や、猫たちの毛の根元にまで染み込んでいる。

「次嶺」

「はい」

「昨日は白梅辻へは行ったのか？」

「ええ」

次嶺は錠前の鍵穴を覗きながら答える。

「ですが、幽霊はおりませんでした」

「いなかった？」

思わず大きな声を出すと、次嶺がこちらをちらりと見た。由太郎はすでに三度、白梅辻へ足を運んでいるが、女の幽霊は必ずいた。梅の木の脇に立って、じっとどこかを見つめている。それはいつ行っても同じだった。

「出てくるのには理由があるのかもしれません。幽霊の場合、ないことも多いですが」

「俺がいなかったからか？」と顎に手を当てて言ってはみたが、ほかの者の前にも現れるから噂になるのだ。

「どこかへ……鷹原の家へ行ったのだろうか」

「妹御の幽霊が出ることを、お父上たちはご存じなのですか」

「いや、わからん」

もしも噂が両親の耳に入っていれば、母は寝込み、父は落ち込み、困った宝介が由太郎を探しに来そうなものだ。それがないということは、少なくとも両親には伝わっていないのだろう。父の弟子で頭の良い宝介ならば、そんな噂が両親の耳に入らないようにと画策するに違いない。

「宝介か……」

「さっきから、何の話をしているかと思えば」

思索に割り込んだのは惣五郎だった。いつから聞いていたのだろう。由太郎はとっさに体を固くする。惣五郎は骨と皮ばかりの両腕を伸ばすと、猫たちを追い払った。まだ眠そうな猫たちは、最初だけ小さく飛び跳ねて、あとはのろのろと歩いていく。

「ったく、人間様をなめてんだ」

そう言うと、由太郎を横目で見る。

「さっきから聞いてりゃお前さん、鷹原白遼のせがれだね。なるほど、確かな身元だ」

火の消えた煙管で指され、由太郎は思わず顔をそむけた。

「ああ、気にしなさんな。錠前屋に弟子入りするのが悪いわけじゃあない」と、身じろぎ一つしない由太郎に向かって惣五郎は言った。

「儂《わし》は鷹原白遼には何の恨みもない。儂だけじゃない。この店の者には、悪く思っとる者はおらんだろうさ。良くも思っちゃいないだろうが」

消えた煙草をどうにか吸えないかとくわえた惣五郎は、諦めて燃え尽きた煙草の草をぷっと吹き出し、煙管を帯に差した。

「それよりさっきの、白梅辻の幽霊のことだがね」

「知ってるんですか」

「ああ、そりゃあね。だが、悪いねぇ。あれはお前さんの妹じゃない。儂の昔馴染みなんだ」

え、と声にならない息を漏らして由太郎は次嶺を見るが、次嶺は目を伏せて道具箱の中を何やら探っており、こちらの話に口を挟む気はないようだった。仕方なく尋ねる。

「見たことがあるんですか、白梅辻の女の幽霊を」

「ああ、もう何度も見た」

そして惣五郎はきっぱりと言う。

「あれは、おときだ。お前さんの妹じゃないよ」

おとき？　と、由太郎はその名を小さく繰り返す。

惣五郎は子供の時分、八王子《はちおうじ》に住んでいた。山に囲まれ、田畑の広がるところで、子供たちは野山を駆け回り奔放《ほんぽう》に育つのだという。一緒に寺子屋に通っていた十人ほどの中に、おときもいた。丸い顔に赤い頬、目はつぶらで鼻も丸く、かわいらしい子だったが、一つだけ、首筋に刀傷のように細い、赤い痣《あざ》があった。生まれつきのもので、髪を結い上げる年頃になるとよく目立った。

「からかわずにはいられなかったんじゃ」

惣五郎の声には、懐かしさと申し訳なさとが複雑に入りまじっていた。

「おまえ、その首、斬られたみてぇだ。おっかねぇ」

そう言っておときのことを笑った。おときは最初は怒って、栗《くり》の毬《いが》やどんぐりを惣五郎に投げつけてきたが、それをやめたかと思うと、首に手拭いを巻いて寺子屋へ来るようになった。赤い痣はそれ以来目にすることもなく、惣五郎はおときを心底怒らせたことに気付いたが、お互い奉公に出ることが決まっており、正月明けに別れ別れになった。

「それから儂は山吹屋へ。何年も夢中で奉公していたもんだから、おときのことはすっかり忘れていた。十九のときに旦那様からお暇をもらって里へ帰って。おときが死んだとおふくろから聞いたのは、そのときさ。正月の寒い朝でな」

　惣五郎は空を見上げた。

　その前年に嫁いだおときは、子を産むこともなく病で死んだ。葬式に出た惣五郎の母は、棺桶《かんおけ》の底にうずくまる死に装束《しょうぞく》のおときが、白い首に手拭いを巻いているのを見たという。

「ああ、しまった、と思ったよ。それを聞いた夜は眠れなんだ。おときは奉公に出ても嫁いでからも、ずっとあの痣のことを気に病んでいたそうだ。ああ、これは儂を恨んでいる。恨んでいるに違いない」

　惣五郎は由太郎の目をすっと見る。皮のたるんだ瞼の下から覗く灰色の目は、年寄りとは思えぬほど力強かった。

「白梅辻の女はね、おときなんじゃよ。恨んで恨んで、ようやく儂を探し当てて、恨みを晴らしに来たんだ」

　その声に怯えの色はなかった。口元にはうっすらと笑みさえ浮かべて、惣五郎は嚙みしめるように繰り返した。

「あの子は儂を恨んでいるよ」

　由太郎は戸惑っていた。女の幽霊は、年頃も首筋の刀傷のような赤い筋も、手に手拭いを下げていることも、惣五郎の話したおときと一致する。だが、幽霊の顔はたしかに梓なのだ。

「浅草の白梅辻に立っているのは、八王子から惣五郎さんを追いかけてきたからだと？」

「そんなわけはないかね？」

　先ほどまで猫とうたた寝をしていた老人のものとは思えない鋭い眼光に、由太郎は慌てて頭《かぶり》を振る。

「いえ、その……あれは、おときさんですか」

「ああ、間違いない。お前さんの妹じゃないよ。悪いねぇ」

　眼光は鋭いまま、念を押すように惣五郎は微笑《ほほえ》むと、喉が渇いたと言って表店の方へと歩いていった。その顔はまるで、手を出すなと言っているかのようだった。

「惣五郎さんの言っていることは本当か、次嶺」

惣五郎の姿が消えると同時に尋ねる。惣五郎の幼馴染みであれば、死んだのは四十年も前だろう。それが今になって、いくら惣五郎を恨んでいたとしても、こんなところに出てくるだろうか。

「本当かと、訊かれましてもね」

「次嶺」

次嶺は顎に手を当て、考え込んでいる様子だったが、一つ二つと頷くと、

「そうかもしれませんし、そうでないかもしれませんな」と、素っ気なく答えた。

川獺の化けた男と茶屋で会ったときと同じ言い様だった。由太郎は釈然としないまま、その場でじっとしているのも嫌で、隣の蔵の鍵を開けてもらうと油差しを持ってそちらへ向かった。

二階へ上がり窓の蝶番を調べているうちに、なぜすぐに、あれは俺の妹だと言い返さなかったのかと、後悔がじわじわと胸に湧き上がってきた。だが惣五郎の顔を見ると口に出せず、由太郎はそのまま山吹屋をあとにした。年寄りの言うことにむきになることもあるまいと、このときは思っていたのだ。

次に向かったのは、同じく日本橋にある呉服屋、川越屋《かわごえ》だった。山吹屋と比べれば幾分

見劣《みおと》りするものの、こちらも十分大店だ。

「ここは手間がかかりますよ」と、紺色の暖簾をくぐる前に次嶺が言った。

年若い女中に通された奥の座敷にあったのは、鍵付きの古い箪笥だった。鍵の開かなくなってしまった引き出しには、女将《おかみ》の大切なものがしまってあるのだという。

「このために一月かけて作ってきたのですよ。作るのは苦手なんですが」

そう言って次嶺は道具箱からじゃらじゃらと、数個の小さな鍵を取り出したが、それは今までの鍵とは異なるものだった。

それらは夕焼けの色に光る銅板でできていた。薄い銅板を接《つな》ぎ合わせているので、あちこちに少し盛り上がった跡がある。みな同じ大きさ、同じ形で、どれも鍵の肝《きも》ともいえるツメに刻みが入っていなかった。筒状の軸には、ただの長細い四角のツメが付けられているだけなのだ。

「それが鍵か？」

「ええ、これが新しい鍵です」

「新しい鍵？」

「ええ。この箪笥の鍵を開けるために作った、新しい鍵です」

由太郎は言葉の意味が理解できず、瞬きを繰り返す。

「ちょっと待ってくれ、次嶺」

「はい？」

「新しい鍵は、作れるのか？」

慎重に尋ねた由太郎に、次嶺はこともなげに頷いてみせた。

「はい」

「待て待て！　鍵を失くせば二度と開けることはできないと、さっき言っていたではないか！」

斜め上を見上げて少しの間考えていた次嶺は、ああ、と頷いて笑った。

「それは、失くしたら開きませんよ。でも壊れたり折れたりして元の形が残っているのであれば、作り直すことはできます」

頭が追いつかずに眉を寄せた由太郎に、次嶺はにこりとして言う。

「失くすのと折れるのとは違うのですよ、由太郎殿」

次嶺は女中に蠟燭と燭台《しょくだい》を持ってくるよう言いつけると、珊瑚《さんご》色の着物の懐《ふところ》から、ツメが折れて軸だけになった鍵を取り出した。これがもともとの引き出しに合う古い鍵だという。ツメは折れた拍子にどこかへ飛んでいってしまったらしい。

「こんな芯だけしかない鍵からも、新しく作れるのか？」

「ええ、十分ですよ」

　まだ半信半疑の由太郎にそう言うと、次嶺は女中の持ってきた蠟燭の火で、銅の鍵の、まだ何の刻みもないツメの部分を炙《あぶ》った。しばらく炙ると、銅のツメには黒い煤《すす》がつく。煤のついた鍵を、次嶺は簞笥の鍵穴に差し込んだ。回してみても、もちろん鍵は最後まで回らない。中でツメのぶつかる音がする。だが次嶺はそこで鍵を引き抜かず、何度も途中まで回したり戻したりして、ツメを錠の内側にぶつけた。

「そろそろよさそうです」

　何がよさそうなのか、由太郎にはさっぱりわからず、同じように不安そうな顔で見ている女中と顔を見合わせた。次嶺は銅の鍵を引き抜く。

「ここをご覧なさい」と、指し示したツメは、煤が少し取れていた。

「ここが中でぶつかったところ。すなわち、いらないところです。あとはこれを切り取ります」

　次嶺は玩具《おもちゃ》のような小さなのこぎりを取り出すと、ツメに当てて切り始めた。のこぎりもツメも小さくて、傍目《はため》には何をやっているのかもよくわからない。のこぎりの刃に至っては目を細めないと見えないほど細かかった。

「これは爺様の特製なのですよ」と、少し得意げに次嶺が言った。

時間をかけて鍵のツメを煤跡の形に沿って切り取り、粉を吹き飛ばして表面を撫でると、次嶺は箪笥の鍵穴に鍵を差し込んで回した。だが、鍵の開く音は聞こえなかった。次嶺の鍵は手応えもなく、くるくるとただ回るだけだ。むう、と次嶺が唸《うな》る。

「切りすぎましたな」

「やり直しか?」

「ええ。初めから」

次嶺は残念そうな様子もなく、失敗した鍵をぽいと投げ捨てると、別の銅の鍵を手に取ってまた火で炙り始めた。

二本目、三本目もうまくいかず、銅の鍵は四本目になった。もう昼をとうに過ぎた。由太郎はなにか祈るような心持ちで、その一連の行程を見つめていた。のこぎりで刻みを入れ、鍵穴に差し込んでゆっくりと回す。ツメの形が合っていても、変に力が入れば、柔らかく薄い銅の鍵は簡単に曲がってしまう。そうすればまた、一から作り直しだ。

鍵を慎重に回していた次嶺の表情がわずかに変わる。手応えがあったのだろうか。尋ねる前に、箪笥の中からかちりと微かな音がした。

「ふむ、開きましたな」

「おお!」

「やった、ああ、ありがとうございます！」

　誰よりも大きな声を上げたのは若い女中だった。廊下へ飛び出し、うれしそうに女将を呼びながら店先へと走っていく。

「どうしたんだいきなり」

「あの娘が折ってしまったのだそうです」

　由太郎は女中の去った廊下に目をやる。あの様子では、よほど気に病んでいたのだろう。

次嶺は銅の鍵を引き抜くと、ツメの縁のわずかな歪みを指で直しながら言った。

「これで本鍵を作って差し支えなさそうですな」

「本鍵？　これが新しい鍵ではないのか？」

「銅は柔らかいので、鉄の錠を開け続ければまたすぐに壊れてしまうのですよ。三回も開け閉めすれば、曲がって使いものにならなくなります。この鍵で型を取り、鉄の鍵を作るのです」

「へえ、作れるのか？」

「それくらいなら」と、銅の鍵を撫でながら次嶺は笑う。

「型に鉄を流し込んで、冷まして固めて。そうしてやっと、新しい鍵はできるのです。折れた鍵から生まれ変わるのですよ」

なぜだろうか。心臓が一つ跳ねて、目の奥が熱を持つ。

「そうか。よかった」

口から出た言葉は、胸の奥から溢れ出た言葉だった。

「簡単にはゆかぬものだな」

「それは何事もそうですよ」

一度失ったものがそれで手に入るのなら、それくらいの手間は惜しむほどのものではないのかもしれない。

「ああ。折れただけでよかった」

話しているうちに、女中が女将を連れて戻ってきた。浮かれて急《せ》かす女中をたしなめると、女将はこちらに向かって軽く会釈をした。歳は四十くらいだろうか。肌の白い、顔の丸いふっくらとした女だった。

「ああ次嶺さん。鍵が開いたそうですね。ありがとうございます。この子ったらこんなにはしゃいで」

女中を叱りながらも、女将の顔からは笑みが消えない。次嶺の返事も待たずにいそいそと、箪笥の前へと向かう。開いた引き出しに入っていたのは、赤い縮緬《ちりめん》に包まれた、古い柘植《つげ》の櫛だった。

「ああよかった。久しぶりねえ」と、人にでも話しかけるように言って、女将は櫛に頬を寄せた。不思議そうに見ていた由太郎と目が合い、女将は目を伏せる。

「姉の形見なのです」

「そうでしたか」

「それはようございました。ツメが折れただけでしたから、これでも順調にまいりました。これが失くしたとあれば、こうはまいりますまい」

女将の表情と次嶺の言葉に、女中は心底安堵《あんど》したように涙ぐむ。

「ほらほら、べそかいてないで。もう踏まないでおくれよ」

「はい」

踏んだくらいで折れるのだろうかと由太郎は思ったが、話を聞くと、女将が鍵を懐に入れたまま出かけ、落としたところをたまたま女中が下駄で踏んでしまったらしい。下駄ならばたしかに鉄の鍵も折れるかもしれない。由太郎は思わず奈津に踏まれた足の甲に目を落とした。骨が折れなくてよかった。踏まれた鍵もさぞ痛かったろう。

女将は泣いている女中に茶と菓子を持ってくるよう言いつけると、一度深く息をして、縮緬に包み直した櫛を懐へしまった。そして膝でにじり寄ると、人目をはばかるように声を落とした。

嶺が由太郎の顔を一瞥《いちべつ》し、

「次嶺さん、こんな噂をご存じ？」

「はい？　なんでしょう」

「浅草の白梅辻に、若い女の幽霊が出るというのを」

見習いらしくしようと道具箱を片付けていた由太郎は、弾《はじ》かれたように振り向いた。次嶺が由太郎の顔を一瞥《いちべつ》し、

「ええ、噂は聞いておりますが」と答えると、女将は秘密を打ち明けるようにひそやかな声で言った。

「あれは私の姉さんなのです」

「女将さんの姉御、でございますか」

次嶺は黒い、夜闇《よやみ》のような目で、女将のことをじっと見ている。その視線には気付かないのか、女将はどこかうっとりと、宙を見つめて続けた。

「ええ。まだこの川越屋へ奉公する前、私が八つの年に死んだ、十も上の姉さん。昔うちは貧乏で、体の弱い姉さんに、なかなか薬を買ってやることができませんでした。その年の冬、姉さんは高い熱を出して寝込みましてね。まだなんにもわからなかった私は、春になったら一緒に梅を見に行こうと無理にせがんで、姉さんを困らせたものです」

女将の姉は春を待たずに死んでしまった。容態の悪くなった夜は、ひどい雪で医者を呼

びに行くこともできなかった。江戸の東にある村の農家で、家は田畑の間にぽつぽつと点在しているだけだから、家からは真っ白な雪のほかには何も見えなかったという。

「家の近くに、白梅が五本ばかり集まっているところがありましてね。八つの私には、あのたった五本の白梅が、それはもう、梅の城のように思えたものですよ。いい匂いがして」

「梅の城とは。さぞ見事だったのでしょうな」と、次嶺が相槌《あいづち》を打つ。

「ええ。それはきれいな梅でした。けど、たとえ起きられるようになっても、姉さんはそこまで歩けなかったかもしれませんね」

その声はまるで薄氷のように儚《はかな》く透き通っていた。女将の顔に微笑みが戻るのを待って、次嶺が尋ねる。

「女将さんは白梅辻の幽霊をご覧になったのですか」

小さく一つ頷くと、女将は涙ぐみ、寂しげに笑って答えた。

「姉さんはあの頃となんにも変わらない。色が白くてきれいなまま。私が畑仕事を手伝って帰ってくると、汚れた顔をいつも手拭いで拭いてくれました。ずっと自慢の姉さん。私に会いに来てくれたんでしょうね。また、夜になったら会いに行くんですよ」

先ほどの女中が茶を運んでくる足音が聞こえると、女将は初めに会ったときと同じ笑顔に戻り、さあさ遅いよと女中を急かした。

「辛気臭い話をしてすみませんでしたね。次嶺さん、鉄の鍵ができるのは、もう少し先になるのでしょう?」

「ええ。半月ほどいただけますか」

「いくらでも。もう、姉さんの形見はここにありますから」

そう言って胸に手を当てると、一礼して女将は出て行った。

どういうことだ。あの幽霊は梓ではないのか。

女中がいる手前、口に出せずに由太郎は悶々《もんもん》として茶をすする。

「ではまた、半月後に」

次嶺に倣《なら》ってどうにか愛想笑いを浮かべて表へ出ると、由太郎はすぐさま口を開いた。

「次嶺」

「はい、なんでしょう」

待っていたかのように、次嶺はすぐに答えた。あまりに返事が早かったので、由太郎は何から訊けばいいのか迷う。ただ、己がひどく落ち込んでいることはわかった。

「あれは女将の姉さんか」

山吹屋でも訊いたことをもう一度問うが、次嶺の返事は同じだった。

「さあ、どうでございましょう」

じれったくなって、由太郎は重ねて尋ねる。

「白梅辻に女の幽霊が何人も出るということはないか？」

「さあ、そういう話は聞いたことがございませんが」

次嶺は足を止め、少し呆れたように由太郎を見た。

「違うと思うなら、なぜ言わなかったのです。あれは俺の妹なのだと」

「な」

思わず息を呑《の》んだ。言葉は宙に一文字浮かんだだけで、そのあとが続かない。次嶺は続けて言う。

「妹御であってほしいのでしょう？」

その言葉は、ひどく痛いところを突いた。

「そんな、ことは」

わかっている。幽霊になど、本当はならない方がいいのだ。未練なく成仏して、極楽浄土《じょうど》で暮らしていてくれるのが一番いいのだ。たとえもう一度会いたいと思っていたとしても。

惣五郎にも川越屋の女将にも、言い返せなかったのはそのせいだろうか。自分でもよくわからない。あの幽霊を取られるのは悔しい。けれど、梓だと認めることもまた悔しい。

梓はあの世にいるはずだ。極楽浄土にいるはずなのだ。

答えられないまま、沈黙が長くなるばかりだった。その姿に、次嶺が苦笑する。

「由太郎殿、思っていることは吐き出さねば毒になります」

次嶺は、自身の言葉がこんなにも由太郎を落ち込ませていることに気付いていないようだった。

「由太郎殿の鍵は、なかなか開きませんな」

鍵？　と顔を向ける。

「大事な鍵が開いていると、人はよく喋《しゃべ》るのだそうです」

「大事な、鍵？」

「爺様の言っていたことです」

それは人の胸の奥のことを指すのか、それとも実物の鍵を指しているのだろうか。

そういえば、惣五郎の話を聞いたとき、蔵の鍵は開いていた。蔵番の惣五郎が何よりも大事にしている鍵だ。そして川越屋の女将が唐突に幽霊の話を始めたときも、簞笥の鍵は開いていた。

次嶺の爺様がそれをどんなつもりで言ったのかはわからないが、そんなわけがあるかと笑い飛ばす気にはなれなかった。爺様だけでなく次嶺までそうだと言うのなら、本当にそれている。


うなのかもしれない。

「俺は、鍵の掛かるものなど持ってはいない」

大切なものは、もうどこにあるのかもわからない。

「そうですか？　本当に？」

由太郎は頭の芯が痺《しび》れているような心地がした。答えの出ないことばかりで、ひどく疲れている。

よいしょ、と掛け声をかけて、次嶺が道具箱を背負い直した。道具箱にぶら下げられた蝶番の束が、鈴のように一斉に鳴る。

「行きましょう、由太郎殿。次があります」

励ますように背中を叩かれて、最後に向かったのは京橋《きょうばし》の絵草子屋だった。日本橋から少し南に下った京橋には、絵草子屋や貸本屋が多く集まっている。梓の心中相手の貸本屋もここにあるため、由太郎は手拭いを被り、顔を隠して歩いた。

その中の一軒の絵草子屋で銭箱の錠を直している最中に、店主から白梅辻の幽霊の話を聞いたときには、思わず次嶺の手元を見てしまった。銭箱の錠前は外されて、次嶺の手の中にある。鍵は開いている。

まさか次嶺と絵草子屋が手を組んで、由太郎をからかっているのではとも考えてみたが、そんなことをしても、どちらにも得などないだろう。それに、店主が幽霊を思って流す涙には芝居の色もなく、由太郎はなにがなんだかわからなかった。

「あれは私の兄の娘でしてな。それはいい子だったんですが、お伊勢《いせ》参りに行くと言ったきり、もう何年も帰ってこないのですよ。自分がとっくに死んでいることを、教えに来てくれたんですな」

得体の知れない寒気が、由太郎の背にぴたりと張りついて離れない。

今度は恐怖が悔しさを上回った。いったい誰を、何を信じたらいいのだ。たしかにあの白梅辻で梓を見たはずの、己の目さえも信じられない。

絵草子屋の店主も、白梅辻で己の目で幽霊を見て、たしかに姪《めい》だと確信したという。

正しいのは誰の目だ。

白梅辻の幽霊は、いったい誰なのだ。

虚《うつ》ろなまま絵草子屋を出て北へ、日本橋まで戻ってきたところで、次嶺から五〇文を渡された。

「今日の分です」

銭の音が、霧の中へ迷い込んでしまった由太郎を呼び戻す。

「ん？　これだけか？」

五〇文など、かけ蕎麦《そば》三杯で終わってしまう。これでは店賃の足しにもならないし、半日とはいえ、これではあまりにも少ないのではないだろうか。うらめしそうに見ると、次嶺は、ふうと息を吐いた。

「当たり前でしょう。今日の半日、何をしました」

「何ってそれは、蔵の蝶番に油を注して回って、それから」

川越屋と絵草子屋では、道具箱を片付けただけだった。次嶺を見ると、呆れた顔をしていた。

「五〇文でも多いと思っているのですよ」

そう言われてしまうと言い返せない。

「とはいえ、慣れないことで疲れたでしょう。何か奢《おご》りますよ。それで今日の分といたしましょう」

神田《かんだ》の煮売り酒屋に入ると、まだ日も暮れていないのに、中は仕事終わりの男たちで混み合っていた。煮売り酒屋とは名前の通り、煮物を主とした惣菜や簡単な料理と、酒を出す店のことだ。値段が安く味もいいので重宝されているが、男客で騒がしいことがわかっているからか、女の客はあまりいない。二人は衝立《ついたて》で仕切られた座敷へ通された。

甘じょっぱく煮た鰯《いわし》と焼き豆腐、煮しめをおかずに、由太郎はどんぶり飯をかき込み、次嶺は酒を呑む。酒は自分の財布から払うようにと言われたので、奢ってもらえる方を取って大盛りの飯を頼んだ。

食べている間は何も考えないようにしようとしていたが、どうしても頭を過《よぎ》り、やがて箸《はし》が止まった。どんぶりの飯は、まだ半分ほど残っている。

「これは酒ですかな。水かと思いました」

薄い酒を睨む次嶺を呼んでみるが、周囲の騒がしさで耳に入らなかったらしい。三回呼んでやっと届いた。

「由太郎殿、声が小さいですよ」

「すまん。その、次嶺」

「はい？」

人には聞かれたくないが、はっきりと声にしなければ届かない。

「あの幽霊は、誰なんだ。梓ではないのか」

一瞬、周囲がしんとして、誰もが由太郎の言葉を聞いているかのように思えた。だがそれは由太郎の気のせいで、店いっぱいの男たちは、座敷のぼさぼさ髪の野暮《やぼ》な二人になどお構いなしに、酒を呑んでは大声で好き勝手に話していた。由太郎はどんぶりを置き、息を整える。

「あれは惣五郎さんの幼馴染みのおときだと思うか。それとも川越屋の女将の姉さんか、それとも、絵草子屋の旦那の姪か」

次嶺は盃《さかずき》に残った酒に目をやっている。

「ああ、底がよく透けております。だいぶ薄めているようですな」

「次嶺」

思わず咎《とが》めた声に、必死さが滲み出ていたのかもしれない。盃から顔を上げた次嶺は、眉を八の字に下げ、口元に笑みを浮かべて言った。

「そんな顔をなさいますな」

呆れた様子はなく、何か固く結ばれてしまったものを解くように柔らかく笑う。己はよほど思い詰めた顔をしていたのだろうか。想像もつかない。こんな、得体の知れぬ悲しみに触れるのは初めてだからだ。

由太郎は箸も置いて、どんぶりの上に俯いた。

「梓であればいい。あの幽霊が」

昼間は答えられなかった問いに、やっと返事ができた。喧騒の中、下向きに出された些《さ》細《さい》な声を、次嶺は拾い上げてくれた。

「そうですか。それはまたどうして」

由太郎は吐き出すように言う。

「謝りたいからだ。俺が、謝りたいからだ」

次嶺は表情を変えず、由太郎の次の言葉を待っていた。眠そうな目の奥には、闇夜のように底知れぬ凄味があった。ああ、川越屋で見たあの目だ。吸い込まれてしまいそうな気がして、由太郎は次嶺から目を逸らす。

「俺は、梓を助けてやれなかった」

「そう思うのですか」

「本当のことだ。俺は、縁談をやめろとは言わなかった。相手方の武家は旗本だ。梓が嫁いでその後ろ楯《だて》が得られれば、物事がいい方へと向かって、父上も母上も梓も、喜ぶのだろうと思っていた。疑いもしなかった。縁談がまとまってからあの日まで、梓もよく笑っていたのだ。本当だ。梓には一度だけ、考え直したらどうかと訊いた。梓はそれでも嫁ぐと言い、俺はそのあとは、もう、考え直せとは言わなかった。ほっとしていたのだ。胸の内の、ほんの、隅の方で」

梓は由太郎のそんな思いを見抜いていた。だから、あのとき笑ったのだ。嫁ぐ前夜、楽しみではないのかと訊いた由太郎に、目尻に深くしわを刻んで、蔑《さげす》むようにくすくすと、声を立てて笑ったのだ。

悔しさと情けなさとに視界が滲む。こんな場所で泣くものかと、由太郎は鼻をすすって掠《かす》れた声を押し出した。

「どうして梓は何も言ってくれなかったんだ。縁談が嫌だということも、村岡堂のせがれとの仲も」

「さあ、私にはなんとも」

由太郎にもわからない梓のことを、次嶺が知っているわけもない。由太郎は唇を噛む。

「どっちが、恨んでいるだろうか」

「はい？」

「おときという女が惣五郎さんを恨むのと、梓が俺を恨むのと」

手を出すなと、睨みつけたいのはこちらの方だ。あの白梅辻の幽霊は、俺のために現れたのだ。誰にも手出しはさせない。惣五郎にも、川越屋の女将にも、絵草子屋の店主にも。

次嶺は驚いた顔をしたが、すぐにふっと笑って、煮しめのこんにゃくをつまんだ。店の娘が衝立で仕切られた座敷を回りながら、行灯に火を入れていく。店の中は、徐々に橙《だいだい》色へと変わる。由太郎たちの座敷の行灯にも火を点《つ》けて、娘が隣へ行くのを待ってから、次嶺は口を開いた。

「恨まれたいのでございますか、妹御に」

拳を目元に押し当てて、由太郎は頷く。恨まれなければ、謝る機会さえないから。

「みんなそうです」

思いもしない言葉だった。思わず顔を上げると、次嶺はとっくりから最後の酒を注いでいた。

「いや、みんな、というのは言い過ぎたかもしれませぬ」

「どっちなんだ」

少し苛立って、由太郎は呟《つぶや》くように言った。次嶺は盃を口元へ持っていく。

「やっぱり薄い。これじゃ爺様への供え物にもなりませんな」

そして笑う。

「みんな、死んだ者に忘れられたくないのですよ。だから、幽霊が自分に会いに来たと思いたいのです。たとえそれが恨みを晴らしに来たのだとしても。惣五郎さんも、おときさんに忘れてほしくなくて、恨まれていたかったのでしょう。子供の時分のことを謝りたかったのだとすれば、由太郎殿と似ているかもしれませぬ」

最後の一杯は文句を言わず飲み干す。

「あとの二人は、姉御や姪御から恨まれる謂《いわ》れがないのでしょう。ただもう一度会いたいから、あの幽霊は身内に違いないと思うのです。どれも、生きている人間の思いよう。言い換えれば勝手な思い込みです。みなが思いたいように思って幽霊を見ているから、それぞれの会いたい者に見えるのです。ただそれだけのからくりですよ」

　それには俺も入っているのだろうか、と由太郎は思う。

　入っているのだろうな、きっと。勝手な思い込みで、白梅辻の幽霊に梓を重ねて。あれは本当は、由太郎の知らないどこかの誰かなのかもしれない。

「いいですか由太郎殿。考えてもごらんなさい。惣五郎さんが最後におときさんに会ったのは、寺子屋に通っていた子供の時分です。嫁ぎ先で死んだおときさんの顔を、知るはずもないのですよ」

　由太郎は目を丸くした。言われてみればたしかにそうだ。棺桶の中でおときが首に手拭いを巻いているのを見たのは、惣五郎の母親だったはずだ。惣五郎はおときの顔を知らない。

「その娘の死んだときの顔を知らないというところでは、京橋の旦那も同じです。お伊勢参りに行ったきり戻らない姫御が、死んだとも決めつけられない。お伊勢参りの道中でさらわれて売られたり、旅先の土地が気に入って居着く者もときどきいますからね。川越屋の女将の姉御というのも、八つの時分に見た顔が最後では、信じようにも些《いささ》か無理があるというもの。三十年は経っておりますからな」

「では、あれは」

「由太郎殿が顔を見て、まず妹御だと思ったのならば、それは妹御でございましょう。たった一年。まだ見間違える歳でもないでしょう?」

吐き出した息が震えた。心底安堵していた。ああ、と息が声になって漏れる。よかった。気が緩んだか、涙が大きな滴となってぽとりと落ちた。隠すように慌てて拭う。

その様子を見ていた次嶺が、傍らに置いた道具箱に寄りかかって言う。

「少し話を戻しますがね」

「ん?」

「生きている者は死んだ者に忘れられたくないのです。だから惣五郎さんのように、恨まれてでも死んだ者に思われていた方がいいという者がいる」

「あ、ああ、さっき言ってたな」

次嶺は無言で一つ頷き、続けた。

「生きている者は年を取ります。年を取っても、何年何十年経っても、死んだ者のことをよく思い出したりします。まったく忘れてしまうことはあまりないでしょう。でも、死んだ者の時はそこで止まります」

由太郎は頷いた。あの白梅辻に立つ梓は、十六歳の梓だ。何年経とうとも、由太郎の髪や髭《ひげ》が白くなろうとも、梓は十六歳のままだ。

「年を取らないということだな」

「それも一つ」と、次嶺は人差し指を一本立てた。爪が橙色にきらりと光る。

「何もかもが止まるのです。それは、胸の中とて同じこと。こと切れるときに思っていたことも、そのまま止まる。その刹那《せつな》に思ったことだけを、そのまま思い続けていく。死者は、思い出すということをしません」

由太郎はなにか硬いもので、がんと頭を殴られたような心地だった。

「己の死んだ、まさにそのときに心にあったことしか残らない。だから別のことを思い出すことがない。心を囚《とら》われるとはそういうことです」

「待て、次嶺……では、梓は」

幽霊は白梅辻から動かない。四つ辻の道を北へ行けば鷹原の家があるというのに、そこまで行かないということは、最期《さいご》に思ったのは家族のことではないのだ。一人で立っているということは、八弥のことでもないのだろう。

「梓は何を思って白梅辻にいるんだ」

「そう、そこなのですよ」と、次嶺は言った。

「死ぬその刹那に何を思ったかは、誰にもわからないのです。死者自身にしかわからない」

梓は白梅辻に、何か特別な思い入れでもあったのだろうか。そんな話は聞いたことがない。死の刹那に思うほどの何かが、あの奇怪な梅の立つ辻にあるのだろうか。

「生きている者からは何一つわからなくなるということ。それが、時が止まるということであり、死ぬということなのです」

頷くことすらできない由太郎に、次嶺はこんな話を聞かせた。


ある町屋の女房が、子を産んで死んだという。毎晩庭の井戸端に現れるので、子供が心配なのだろうと夫は思っていたが、どうも様子が違う。死んだ女房は、井戸の中を見ているようなのだ。

ためしに昼間、井戸の中をさらってみると、腐りかけの大根が出てきた。死ぬ前の日に、井戸端で洗っていてうっかり落とした大根のことが気がかりだったのだ。井戸から大根を引き上げたことで、幽霊はその後ぱったりと現れなくなった。

「母親は子を思うに違いないとか、子を思わぬ女が薄情だとかいうのは、生きている者の見方です。先ほどの勝手な思い込みというやつで、幽霊には幽霊の、胸の内というものがあるのです」

生きている梓の胸の内さえわからなかったのに、死んでからの胸の内など、余計にわからないのではないだろうか。由太郎は不安に飲み込まれそうだった。

「梓の胸の内には、もう俺や父上や母上はいないのだな」

それだけは確かなことなのだろうと、独り言のように呟いた。

「由太郎殿。この世とあの世とは、別の世なのです」

同じ人の姿をしていても、言葉さえも違うほどに。

「そう……たとえば、この世とあの世との間には、紗《しゃ》のようなごく薄い布があり、その近くへやってきたあの世の者が、時折こちらから透けて見える。あちらからも少しばかり透けて見える。たとえるなら、それだけのことなのです。まあときどき、その紗を破って無理矢理こちらへ来てしまう者もおりますが、そういう者は死の刹那の未練がよほど強い者です。たとえこちらから布越しに見えていたとしても、幽霊の目に映っているのは、ほとんどがこの世ではなくあの世なのでございます」

ほんの少しだけずれて重なった世界なのだと、念を押される。

白梅辻に立つ梓の顔を思い出せば、次嶺の言うことはよくわかる。あのただ真っ黒な、どこを見ているのかもわからない目は、まさしくこの世のものではない。

梓が今何を思っているのか、それを知る術《すべ》はもうないのだ。少なくとも、この世に生きている人間には、それを知ることはできない。

店の中は騒がしく、人の声で満ちている。その中から、まるで放たれた矢のように由太郎の耳に飛び込んできた声があった。

例の浅草の白梅辻のあれがよぉ、昔別れた女に似てるのよ……知らねぇ間に死んだのかな。

由太郎はもうその声が気にならなくなっていた。なんのことはない。あの男も、忘れられたくない女がいるだけだ。

「ところで、見習いは続けますか?」と、次嶺が問う。

由太郎は頬を引きつらせて首を振った。錠前屋はおもしろそうだが、どうにも向いている気がしない。そう答えると、次嶺は邪気のない顔でにこりと笑った。

「それがようございます」

これで錠前の仕組みは、自力で解くしかなくなった。由太郎はふうと一つ息を吐くと、鰯を煮汁ごとどんぶりにかけ、勢いよくかき込んだ。

翌朝、由太郎の家の戸を叩いたのは、またも長治だった。拳で打つたび揺れる戸を開けると、長治は得意げに、自分の背後を親指で差した。

「仕事が見つからねぇみてぇだから、連れてきてやったぜ」

長治の後ろに立っていた男を見て、由太郎は自分がまだ寝ぼけているのかと思った。そこに立っていたのは、役者絵から抜け出してきたのかと思うほどの美男子だった。

頭からは白地に紺の麻の葉模様の手拭いを掛けていて、その淡い影の奥から、切れ長の黒い目が由太郎を値踏みするように見ている。着物は鉄御納戸《てつおなんど》と呼ばれる暗い青緑の地に、白で雀《すずめ》の染め抜かれた小紋《こもん》柄で、帯は朱と白との市松模様。寒くないのか、肩肌脱いだ下には真っ赤な襦袢《じゅばん》を着ており、その鮮やかさが起き抜けの目にはとかく眩しかった。

由太郎は思わず目をこすり、その様子を見た長治が笑った。

「夢でも絵でも役者でもねぇんだ、これが」

それを聞くと、美男子は不機嫌そうに眉を寄せて長治を睨む。その顔さえも絵のようだった。

「ほら、昨日話したろう。地紙売りをやってる馬喰町の馨ってやつさ」

「おめぇが由太郎か。例の」

馨は銀の鈴の鳴るような声をしていた。

「ああ、はい」

何が例の、なのかわからないが、とりあえず由太郎は頷く。

手拭いの奥に見える髪は、若衆髷《わかしゆまげ》に結われている。月代《さかやき》を剃らずに高く結い上げる、武家の男子の髪型だ。武家以外の者で結うのは役者か地紙売りくらいのものだろう。白粉《おしろい》を薄くはたいた顔に、目尻と唇にはわずかに紅《べに》をさし、髭と眉とは抜いて整えている。歳は十八だというが、若衆髷のせいもあり、もう二、三若く見えた。子供とも大人とも言えぬ境にいるようだ。

自分が今まで美男子扱いされていたのはなんだったのかと、呆然《ぼうぜん》とため息をついていると、馨が顎で由太郎を指した。

「おめぇ、仕度はできてんのか」

「仕度?」

聞き返すと、長治が軒《のき》先に置いていたなにか大きな荷を持ち上げてみせた。それは扇形の箱をいくつも重ね、馬を飾り立てるときに使う、押掛《おしかけ》という房付きの立派な紐《ひも》で結わえたものだった。馨の傍らにも、同じ箱をもっと派手に飾り立てたものが置かれている。これを肩に担ぎ、通りを練り歩くのが昔からの地紙売りの売り方だ。

「え、ちょっと待って長さん」

由太郎は、昨日の長治の言葉が本気だったことに今さら気付いた。

「待たねぇ待たねぇ。月末は待っちゃくれねぇ」

唱えるように言いながら、長治は由太郎に扇形の箱を担がせる。

「悪《わ》りぃな馨、由太郎は見た目よくしようと思ってもここまでだ」

馨は呆れたように由太郎の身なりを見回している。

「まあこんなもんか。いっそ若衆髷結ってみるか？　顔は悪くねぇし」

「だろう。ほら、行ってこい」

「いや嘘《うそ》だろ長さん」

「これが嫌なら陰間だっつったろ。ほら馨、頼むぞ」

「おう。よろしくな由太郎。俺のことは馨でいい」

「えっ、いや、えっ」

長治に背中を押し出され馨に引っ張られ、木戸を出るとき、饅頭《まんじゅう》をくわえた伊助とすれ違った。

「あ、伊助さん」

助けを求めようと名前を呼んだのだが、目をまん丸にして馨と由太郎とを交互に見た伊助は、すぐに悟ってけらけらと笑い出す。

「ちゃんと稼いでこいよ、由太郎！」

ああ、これはもうだめだ。

由太郎には自分の顔が真っ青になっていることがわかったが、そんな顔をしているのは由太郎だけで、周りは楽しそうだった。

馨も初めのうちはおもしろそうに、由太郎に地紙売りのことを教えてくれていた。なるほど、相棒を欲しがっていたというのは本当らしい。

「地紙ぃーい、地紙ー」

そう言いながら往来を歩き、呼び止められたら客の扇子の形に合わせて地紙を折り、もとの紙を剝がして新しい紙を骨に貼り付ける。簡単に言えば地紙売りの仕事はそれだけだ。だが、やってみるととても簡単ではなかった。

そもそも往来の中を通るだけの声が由太郎には出せない。それは今まで人の目を避けてきたからか、単に度胸がないからなのか。なんとなく後者のような気がする。

おまけに手先の器用さも要るし、相手に合う地紙を見立てる目も要るし、張り替えている間に客を退屈させない話術の器用さも要る。特に最後の点において、馨は抜群の器量を見せた。

長屋の娘たちだけでなく、商家の女房も湯屋でくつろぐ旦那衆も、果ては武家のお内儀《ないぎ》や大店のご隠居まで、馨の声がするとすぐに通りへ顔を見せたり、主人の代わりに奉公人が呼びに来たりした。

扇子の地紙などそうそう取り替えるものでもないから、中には馨と話したいだけの者もいたが、馨は嫌な顔一つせず、相手に合わせて話題を変え、楽しませていた。

「常連のとこにはまめに顔見せとくと、次には張り替えてくれるからな。歩き回るのも損じゃねぇのさ」

馨が遊女ならあっという間に花魁《おいらん》だなと、由太郎は感心したが、感心すればするほど、自分には向かない仕事だとあらためて思った。なぜ長治は、由太郎に地紙売りができると思ったのだろう。由太郎は眉間《みけん》にしわを寄せ、知らず知らずのうちに長い髪を前に持ってきては何度も撫でていた。

「おめぇよぉ」と、馨が呆れて額に手を当てる。

「髪、首に巻くのやめろ、みっともねぇ！　ほら声出せ。地紙ぃーい、地紙ー」

馨の声は往来に銀をまくようにきらきらと散らばっていく。それに比べて由太郎の声は、真っ逆さまに地に落ちていく鉛《なまり》の玉だ。

ああ、俺はどうしてこんなことをやっているんだろうか。担いだ箱がずしりと重い。

神田、浅草、上野《うえの》と歩きながら、何人かの扇子の地紙を張り替えた。由太郎も馨に教わって、古くなった地紙を剝がし、扇子の骨を拭き、新しい地紙をじゃばらに折って貼り付ける。手間取った上に出来もひどかったが、それで怒る客はいなかった。由太郎が手間取る分、客は馨と長く話せたし、出来の悪い扇子も、また馨を呼び止める理由になる。

だが歩くうち、馨はどんどん不機嫌になっていった。紙を上手《うま》く折れないのは仕方のないことだが、客が由太郎に話しかけてもろくな返しもできず、たった一言答えるのにももたつく。馨の苛立つのももっともだった。

その日の分の仕事を終えると、馨は長治に用があるとかで、玉絹長屋までついてきた。日暮れ前、表の店に近所の子供らを店番に置いて、長治は長屋の路地で猫たちを撫で回していた。茶と白の萩と、白猫の椿《つばき》。あとはどれがどれだか忘れたが、牡丹と小菊《こぎく》と撫子《なでしこ》といった。猫は五匹集まっている。

由太郎が先に木戸をくぐると、長治が片手を上げた。

「よう、帰《け》えったな。どうだった？」

「どうもこうもねぇよ。こりゃ使いもんにならねぇぜ」

答えたのは、あとから入ってきた馨だった。ばさりと荒く手拭いを取る。

「ありゃ、駄目だったか」と、こちらを見る長治と目が合い、由太郎は慌てて顔ごと逸らす。

「顔が良けりゃできると思ったら大間違いだぜ、長さん。売るのはただの地紙でも、度胸も遊びもなきゃあいけねぇ。俺らそのものが売り物よ」

ならばそもそも自分にできるはずがないのだ。それなのに、馨の言葉は刃物のようだ。

「まあまあ、馨。そう言いなさんな。まだ初日じゃねぇか。由太郎だって、これから慣れるだろうし」

「慣れるかどうかのことじゃねぇさ。地紙売りをやろうって気がねぇんだ。今日教えたことをやってみなって言ったところで、どうせ何にもできやしねぇよ」

「馨」

「あいつぁ首に髪の毛巻いて、おどおどしてただけさ」

由太郎は聞きたくなくて、そそくさと自分の家へ入ろうとした。その襟首《えりくび》を、後ろから馨に摑まれる。

「待ちなぁ由太郎」

「なんだ放せ」

「おう、なんだその口の利き方は」

ぐいと襟首を後ろに引っ張られ、由太郎は危うく転ぶところだった。手を振り払って体勢を立て直すと、馨が下から睨みつけるように見上げていた。客を相手にしていたときとはまるで顔つきが違う。

「おめぇ、鷹原白遼のせがれらしいな。藪のせがれってやつか」

ぎくりとして、思わず強く言い返す。

「それがなんだ」

だが、馨は表情を変えずに淡々と言った。

「ほかは？」

「は？」

「藪のせがれだってのは、藪の親あってのことだ。おめぇから親父を取ったら、おめぇに何が残る。医者のせがれのほかに何が残る」

由太郎は言葉に詰まる。父の弟子をやめ、今は修業の身ですらなくなった。医学書は相変わらず毎晩眺めているが、それだけだ。

あんたみたいな甘ったれ、医者になったところで、あたしはあんたにおっ母さんを任せたりはしないよ。

急に奈津の言葉が思い出されて、由太郎は奥の奈津の家へそっと目をやった。どうか今は出てこないでくれと、祈るような思いだった。

馨は地紙の箱を置くと、由太郎の家の入り口を塞ぐ形で座り込む。

「ああ、こりゃあひでぇ半端者だ」

馨の目も声も、白く光る刃《やいば》のようだった。銀の鈴はどこかへ消えていた。その刃に立ち向かわねばと顔を険しくするうちに、怒りが腹の底から込み上げてくる。勝手に巻き込んだのはそっちではないか、と。

「俺は！　地紙売りになりたいなんてこれっぽっちも言ったことはない！　勝手に連れ出したのはそっちだろう！　長さんと二人でぐるになって！　それなのに、なんでお前にそんなこと言われなきゃならない！」

へっ、と馨が口を曲げて笑った。

「じゃあおめぇは何をやりてぇんだ」

不意打ちを食らったかのように、眉間のしわがほどける。

「長さんは、おめぇの仕事が決まらねぇからと俺に頼みに来たんだ。それなのにおめぇは」

「ああ馨、それを言っちゃあ」

「長さんは黙っててくんな。ったく、これから何やっておまんま食って、生きてくつもりなんだ。なぁ、由太郎」

答えられなかった。医者になりたい。そう言ったところで、笑われるだろう。長治は笑わないかもしれない。

だが、由太郎が一番笑う。

何をやっても満足に稼ぐこともできず、店賃も払えないのに長屋の人たちに心配されて、情をかけられて。

そんなのは、医者になる者のすることではない。

医者になる者というのは、京や長崎に遊学に出て、塾で学んで、たとえ遊ぼうとも身を滅ぼすこともなく、医者としての務めを果たす覚悟を持って生きている。そういう者のことだ。野崎周吾と小田島陽堂の顔が浮かんだ。いつしかあの二人を羨ましいと思うようになっていた。

由太郎、まだまだ学ぶことはあるぞ。世界が広いというのは本当だった。

周吾の眩しい言葉を思い出し、由太郎は強く拳を握る。

長い沈黙を破り、馨が口を開く。落ち着いた銀の声音《こわね》が戻っていた。

「なあ由太郎、おめぇ、妹が心中したんだろ」

由太郎は目を見開く。

「そう驚くことでもねぇさ。あの時分、妹のことは瓦版《かわら》にもなったからな」

役者絵のような美男子に、一日歩いて疲れた目が、一層の凄味を与えている。

「心中したいきさつも知ってるぜ。かわいそうにな。けどな、同情はしねぇよ。妹の方がおめぇより、よっぽど潔《いさぎよ》かった。三十も上の男の後添えにおさまるのを、親も兄貴も、誰も止めちゃくれなかったと。それならいっそ、惚《ほ》れた男と心中しちまおう。さっぱりしたいい女だよ。おめぇ、妹の死に顔を見たかい」

無言のまま、由太郎は立ち尽くしていた。それが答えの代わりだった。

込み入った事情は何も知らないはずなのに、馨の言っていることは当たっている気がした。梓なら、親兄弟を罵《ののし》ることもせず、誰にも何も言わずに心中を決心し、悟らせぬように笑って周囲の人を遠ざけ、強い決意でもって成し遂げる。そう思えた。

「なんだ、見ちゃいねぇのか」

由太郎は答えられずに目を伏せる。

「きっと笑ってたろうさ。歌にもある。死に切って、嬉《うれ》しそうなる顔二つ。ってな」

河原で菰を掛けられた、寄り添う二人の足を思い出す。あの白い足の、男の足への触れ方を見れば、やはり顔は笑っていたのだろうと思われた。

「兄貴がこんなのじゃあ、妹だって心中したくもならぁな」

淡々と、しかし吐き捨てるように馨は言った。

「馨、もうその辺にしとけ」

長治に言われて馨は黙ったが、それで何かの事実が消えるわけではなかった。

梓の声が、また頭の中に響く。

兄様は、これからどうなさいます。

梓は己に何を求めていたのだろう。鷹原由太郎にどうなってほしかったというのだろう。今までと変わらないのではないかと、そう答えたあとの、俯いた梓の顔は見えなかった。だが、あのあと確かに、由太郎は梓の背中に宿った何かを見た。赤黒い炎のような、あれは、梓の内から噴き出した怒りと孤独と失望だった。

「心中かぁ」

背後で猫たちをわしわしと撫でながら、長治が呟いた。埃だらけの布団をはたいたときのような、猫の匂いがひどい。そのうち犬も帰ってくるだろう。どこをほっつき歩いていても、黄色っぽい色をした犬は、夕暮れになると必ず帰ってくる。そして長治や長屋の皆や、由太郎を見てさえ尻尾を振るのだ。

「そういやぁ、由太郎の妹と心中したのって貸本屋だよな」

ぼうっと立ち尽くしていた由太郎は、長治に二度促《うなが》されてようやく気付いた。

「ああ、はい……村岡堂のせがれの、八弥です」

「そうか、やっぱり」

「なんですか」

「いや、その村岡堂のおかみさんが今朝、倒れたらしいんだがよ。担ぎ込まれた先が鷹原センセのとこだそうだ」

「なっ」

由太郎は言葉を失った。なぜ父のところにという疑問が真っ先に浮かんだが、ゆっくりと考えている暇などない。

「なっ、なんでそれ、早く言ってくださいよ！」

地紙売りなど、している場合ではなかったのだ。俺だってさっき聞いたんだ、という長治の言い訳を背に聞いて、由太郎は地紙の箱を放り出すと、一目散に走り出した。


浅草の白梅辻を北へと行ったところに、由太郎の実家である鷹久堂《ようきゆうどう》はある。神田の玉絹長屋を出た由太郎は、お玉ケ池《たまがいけ》と馬喰町とを走り抜け、柳橋《やなぎばし》を渡って北を目指した。途中で下駄が片方脱げたが、拾う間を惜しんでもう片方も脱ぎ捨て、裸足のまま走った。日が暮れ、冷たい風に鼻も喉も痛くなった頃、半年ぶりの鷹久堂は見えてきた。

表の門を入ってすぐの診療所には、明かりが灯《とも》っていた。四つある行灯すべてに火が入っているらしい。時折行灯の前を通る人影が、障子に濃く映し出された。由太郎は表の垣根の隙間《すきま》から、その様子を見ていた。少しでも荒く息をすれば気付かれそうで、胸を押さえてゆっくりと息を吐く。

あの影は宝介だ。忙しそうに、それでも埃を立てない歩き方で、宝介はあちこち動き回っている。一方の壁を埋め尽くす、引き出しだらけの薬棚の前で屈んだかと思えば、部屋の反対側へ行き、また薬棚の前へと戻る。棚の反対側には父がいるのだろう。

むやみに飛び出していくこともできず、由太郎はその場にしゃがみ込む。じっとしていると、足がどんどん冷えてきた。片方の足をもう片方の足に交互に乗せ、なんとか耐える。

病人の咳が聞こえる。あれが村岡八弥の母だろう。息を継ぐ間もないほど、喉のひしゃげるような咳を繰り返している。

流行風邪だろうか。一時的に高熱や喉の痛みが出て、子供や老人がかかると重症になることが多く、死に至る者もめずらしくない。今年の冬も何人も死んだ。熱が下がってもその後に肺の病にかかることもあるため、治りきるまで用心が必要だ。ただの風邪だと思って過ごし、医者にかかるのが遅れる者もいる。

しばらくすると咳がおさまった。寝入ったのだろうか。だが、今度は熱にうなされる声が外まで聞こえてくる。

風邪の症状ならば漢方がよく効く。だがあれは、もう葛根湯《かっこんとう》ではだめだ。あそこまで重篤《じゅうとく》な症状が出てしまったら、もう麻黄湯《まおうとう》でないと。

「宝介、麻黄湯をもっと煎じておきなさい。一刻後にまた飲ませる」

微かに聞こえたのは、久しぶりに聞く父の声だった。

静かな、しかし重い声だ。無理もない。ただでさえ悪化した流行風邪は厄介《やっかい》だというのに、よりにもよって梓の心中相手の母親だ。父にかかる重圧は相当なものだろう。心中以来、一度も顔を見せなかった八弥の母は、なぜ鷹原白遼を選んだのだろうか。

「はい。熱は引くでしょうか」

答える宝介の声も張り詰めている。

「引くまで続けるんだ」

「はい。竹茹温胆湯《ちくじょうんたんとう》も用意しておきますか」

咳に効く薬だ。

「いや、まだいい」

まずは熱を下げなければ。

「咳が残ったら、ですね」

「もともと胃や腹が弱いそうだから、そちらに残ることもある。流行風邪にかかったのもそこからだろう」

「では、柴胡桂枝湯《さいこけいしとう》の方がよいでしょうか」

「ああ。どちらもすぐに煎じられるように、調合だけはしておいてくれ」

「はい」

短い返事一つにも、宝介の額の汗の冷たさが感じ取れる。少しでも父の手助けをしようとしている。俺だって、と由太郎は目を閉じ心を落ち着かせ、深く息をした。唱えるように胸中で思う。

竹筎温胆湯ならば、竹筎《ちくじょ》、柴胡《さいこ》、麦門冬《ばくもんとう》、半夏《はんげ》、陳皮《ちんぴ》、黄連《おうれん》、甘草《かんぞう》、香附子《こうぶし》、生姜《しょうきょう》、桔梗《ききょう》、枳実《きじつ》、人参《にんじん》。

柴胡桂枝湯ならば、柴胡、半夏、桂皮《けいひ》、芍薬《しゃくやく》、黄芩《おうごん》、人参、大棗《たいそう》、甘草、生姜。

大丈夫だ。由太郎は目を開く。もしも宝介が手間取るようなことがあれば、すぐに垣根から飛び出して行こうと立ち上がる。

行灯の前を宝介の影が横切る。薬棚の引き出しを開けては閉める微かな音は迷いなく繰り返され、やがて、生薬を薬研《やげん》ですり潰《つぶ》す音が聞こえてきた。

何を期待していたのだろう。こんな初歩の調合を、いくら村岡八弥の母を前に緊張しているからといって、あの宝介が迷うはずもない。当たり前だ。間違えることだってない。宝介はそういう男だと、知っているではないか。紙風船のように、何かがしぼんでいく。足に目を落とすと、真っ赤になっているのが暗闇でもわかった。痛い。じんじんと痛い。

もう遠い場所になってしまった鷹久堂を、由太郎は垣根の外から眺めることしかできなかった。

あれは俺の役目だったのにな。行灯の明かりに揺れる影が、かつての己に見えた。その影が、ふいにぼやける。

どこでしくじったのだろう。

もう長いことずっと、宙をさまようように生きてきた。踏みしめて立つ場所もなく、前にも後ろにも進めない有様だった。いつも頭の中には父と梓のことと、あの紅梅の皿とがあった。うまくいかないことは、すべてそれらのせいだと、己に言い聞かせていた。

だが、本当にそうだったのだろうか。

違う。そうではないと、わかっていたはずだ。いつから？　いつからわかっていた？

「次嶺……」

藪医者のせがれで、何の哀れなことがございましょうか。

ずっと前から、本当はわかっていた。それをはっきりと気付かされたのは、次嶺のあの言葉だった。

哀れなのは藪医者のせがれであることではない。そう呼ばれる父と己とを恥じ、人に名乗ることさえ躊躇《ためら》っていた己の性根だ。妹の本心に気付くこともできず、妹からも信頼されなかった、この性根が哀れなのだ。

己を縛り、身動きを取れないようにしたのは、ほかでもない、自分自身だった。

暗がりに膝をついて、由太郎は声を殺して泣いていた。

心中を遂げた梓は馨の言う通り、笑っていたのだろう。何の覚悟も決められぬ兄に、打ち明けることなど何もない。あの頃から今日まで変わらず、由太郎は己を縛り続けている。その絡みつく蔦《つた》のようなものに養分まで与えて、ますますがんじがらめになって。まるで病のようだ。

家を出て長屋に住み、儒者髷をやめて着物を替えて、それだけで変わった気でいた。けれど何も変わっていなかった。

表に見える症状を改善しただけでは、病を治したとはいえない。病因を突きとめて、初めて治すことが可能なのだ。父はずっとそうしてきたのに、己はそれすらわからなくなって。

「由太郎殿」

突然聞こえた声に、由太郎はびくりと肩を震わせた。振り返ると、夜空を背に次嶺が微笑んで立っていた。波のようにうねる髪を、ぬるい風になびかせている。

「次嶺……どうしてここへ」

「そろそろ、いい時分にござりますよ」

顔にかかる髪を邪魔そうに掻き上げて言う。空はいつの間にか雲で覆われて、月のあるところだけがぼんやりと黄色く光っている。暗い、灰色の夜だ。

「白梅辻の梅が、開く頃にござります」

次嶺がくるりと踵を返して歩き出すと、由太郎が何を思う間もなく、足があとを追って動き始めた。芯まで冷えた足はもう何も感じず、ただ次嶺に吸い寄せられるかのように動いていた。先ほどまで涙のつたっていた頬が冷たくひりひりとして、そこだけがやけに真実めいている。

今日も仕事をしていたのか、次嶺は道具箱を背負ったままだった。箱の外に括《くく》りつけられた蝶番の束が、また願人坊主の錫杖のように一定の拍子で鳴っていた。雲間から時折覗く欠けた月はおぼろげに滲んで、生ぬるい春の夜の、奥の方でやわらかに光る。

「次嶺」

呼んでも次嶺は答えず、硬いもののぶつかり合う音が、代わりに応えるかのように大きくなった。

次嶺はまっすぐに白梅辻へと向かった。辻の梅は白いつぼみを膨らませてはいたが、まだ咲いている花はない。何も変わっていない。宙を這《は》うように折れ曲がる枝に抱かれて、変わらず梓もそこにいた。

「妹御にございますね」

梓の傍らに立った次嶺が、目だけでこちらを見て言った。

ほつれた髪に、首筋の赤い刀傷。そして手に持った桔梗の絵柄の手拭いも、白い裸足の足も、最初に見たときと同じだ。体を少し梅の木の方へと傾けているのも変わらない。

頷くと、次嶺は梓と向き合う。梓は焦点の定まらない瞳で、相変わらずどこかを見ていた。

「では、妹御と遊んでみましょう。妹御の方が誘いに乗ってくれればですが」

長治が猫に向かってにゃあにゃあと話しかけていたのを思い出す。

梓はあんなに遠くへ行ってしまったのか。

「ただし、前に申しました通り、私は私が何を喋っているのかなどわかりませぬ。口を利く烏《からす》から昔教わったもので、幽霊の言葉を話していることは確かですが」

由太郎はゆっくりと頷く。己にはもう、どうにもできないことだ。

「頼む」

低い声は腹の奥から出た。

「よろしい」

次嶺は頷くと、梓に向かって片手を翳《かざ》すようにした。風が東から吹いている。次嶺の蝶番が風に押されてじゃらりと重たく動く。

次嶺の口から出たのは、言葉というより歌に近かった。不規則な拍子がついているのだが、何を言っているのかは聞き取れず、何かの鳴き声のようだった。鳶《とび》の鳴き声にも似ている。かと思えば、経《きょう》に似ているところもあった。

あれがあの世の言葉なのだろうか。

次嶺の口からこぼれる歌が、由太郎の周囲で渦を巻いている。なぜだろう。経のような不思議な言葉は、白梅辻の外までは届かないようだった。梓と由太郎と次嶺と梅の木だけを、ぐるりと取り巻いている。

生きている者が聞いても平気な言葉なのだろうか。次嶺と同じように、この世とあの世の狭間に入り込んでしまうのではないか。不安の過る頭をぶんぶんと振り、由太郎は恐怖を己の中から追い出す。今はそんなことを考えているときではない。

梓には届いているのだろうか。紗を一枚隔《へだ》てた向こう側で、梓が次嶺の遊びに応える様子はない。次嶺にも何と言っているのかわからないという言葉が、由太郎にわかるはずもなく、見守ることしかできない歯痒《はがゆ》さに、由太郎は月を仰いだ。あの世の言葉の傍らにあっても、月は変わらず美しく見えた。

梓はここにいる。村岡八弥はどこにいるのだろう。ともに心中したというのに、寂しくはないのだろうか。

ふと、胸騒ぎがした。村岡八弥は今、鷹久堂にいて、母親をあの世へ連れて行こうとしているのではないか。いやまさか、と由太郎は首を振る。だがそれも考えられないことではない。八弥の時が止まったときに胸にあったのが母への悔恨だとしたら、この世とあの世とを隔てるたった一枚の紗を引き裂いて、今、鷹原の家でこの世の側に手を伸ばしているのではないだろうか。

胸騒ぎはひどくなる一方だった。早く戻った方がいいかもしれない。

次嶺を急かそうとした目に飛び込んできた光景に、由太郎は目を見開いた。

梓が、微笑んでいる。

「由太郎殿」

梓は由太郎の方をけして見ない。けれど微笑む梓の顔は、由太郎の知っている妹の顔だった。目尻にしわの寄ったあの笑顔でも、梓かどうか不安になるような、白く凍りついた顔でもなかった。

「これは、うまくいったのか」

久しぶりに出した声は情けなく掠れた。

梓の唇が動いている。だが、声は聞こえなかった。その代わりだというように、暖かな風がどこからか吹いてきた。

「ええ、妹御は遊びに乗ってくれました」と、次嶺がほっとしたように言う。

「ちょうど、どこからか好きな歌が聞こえてきたような、そんな心地かもしれません。なにせ我々の姿も、見えているのかわかりませんのでね。もう少し、続けてみましょう」

そう言うと、次嶺はまた梓に向かってあの世の言葉を紡《つむ》ぐ。それは由太郎には先ほどよりもやわらかく優しい音に聞こえ、梓は目を閉じたり開けたりしながら、次嶺の声に乗せるようにときどき口を動かす。微笑み、頷き、また歌って微笑む。

頬にぬるい感触があり、触れるとそれは涙だった。両の頬にできた筋をなぞるように、涙は途絶えることがなかった。

「梓」

何度となくこの場所で呼んだ名を、今夜もまた呼ぶ。応えなくとももういい。あの世へ行っても、あの世の言葉しかもはやわからなくなろうとも、梓は梓だ。ずっとともに育ってきた妹の、見慣れた懐かしい笑顔だ。

由太郎は梓の足元に崩れ落ちた。

「すまなかった……父上と母上を説得すべきだった。俺がそうしなくてはいけなかったんだ。なのに、お前一人にこんなことを、こんなにつらい思いをさせて、本当にすまなかった。お前が死んだあとも、俺は、どこかでお前を責めていた。なぜ心中なんてと、お前さえ話してくれれば、俺は止めたのにと。こんな俺に、話せるわけもないのにな」

梓にとって、信の置ける兄ではなかった。それを認めたくなかったのかもしれない。

「俺は医者になるよ。何もかも遅いかもしれない。鷹久堂には戻らないかもしれない。藪のせがれのくせにとまた言われるかもしれない。だが、そんなことはもう俺には関わりのないことだ。俺が医者になりたいからなる。それだけだ。いつまでも書物を眺めるだけの暮らしはやめるんだ」

口に出してしまえば、自然と肚《はら》は決まった。ただこれだけの簡単な覚悟が、なぜあのとき、梓に尋ねられたときには答えられなかったのだろうとさえ思った。

たとえ梓にこの決心が聞こえなくとも、由太郎はこの約束を守ると決めた。ぐっと拳を握る。

「ようやく鍵が開きましたかな」

思わず振り返ると、いつの間にか遊びをやめていた次嶺がにっと笑った。しゃがみ込み、由太郎と目線を合わせる。気恥ずかしかったが、すぐにそれもどうでもよくなった。由太郎にほかの仕事ができないのを次嶺はよく知っているし、誰かに聞かれたところで、揺らぐような決意でもなかった。

「初めから、鍵の掛かるものなど持っていないと言っただろう」

「おや。では開きっぱなしでしたか」

　生ぬるい風が今度は甘酸っぱい香りを運んできて、見ると、白梅の花が数輪開いていた。こんな夜更《よふ》けに咲くはずもないのに、花は促されたように、つぼみを次々に開いていく。物の怪じみた枝も泡のように丸みのある白い花に包まれるうちに、天女の袖のように清らかな姿へと変わっていった。

　梓は花が開くほどに笑い、うれしそうに枝を眺めていたが、急に驚いた顔をして振り返った。誰かに呼ばれたようだった。

　ああ、きっと八弥が呼んだのだ。梓は名残惜しそうにもう一度梅の木に目をやると、背を向けて、振り返ることのないまま闇夜に溶けるように消えていった。

「行ってしまいましたな」と、次嶺が呟く。

　由太郎は涙の跡を拳でこすって立ち上がる。

「梓は、成仏したのか？」

「さあ、それはわかりません」

　次嶺も立ち上がると、梅の木へと近付いていって枝に触れた。梅はこの一刻ほどの間に満開になっていた。

「もう二度と現れないかもしれませんし、来年また現れるかもしれません。どうやら、心残りはこの梅の花だったようですが」

梓が心中した日も、春が近かったのにこの梅は咲いていなかった。村岡堂は四つ辻の南の道を行った先にあるから、八弥と落ち合うとしたらこの白梅辻だ。八弥を待っている間、梓はまだつぼみの固い梅の枝を見上げ、いつ咲くのだろうと思ったのかもしれない。

命の果てる刹那、それが心残りとなったのだろうか。夜風の冷たい河原で、八弥と自分の血を浴びながら、あの梅の春はいつ来るのかと。

残された人間には何もわからない。

「次嶺」

「はい」

「どうして今夜この梅が咲くとわかったんだ」

はて何のことやら、と次嶺は二、三度続けて瞬きをする。

「とぼけるな。言ったではないか。そろそろ梅の咲く時分だと」

次嶺はわざとらしく顎に手を当てて考え込む様子を見せ、

「言いましたかな、そんなこと」

「言った。なぜわかった」

「さあ、なぜでしょうな」

にこりとした、しかし能面のような笑顔に、由太郎はこれ以上踏み込むのは無理だと悟る。

「もういい……それはそうと」

「はい」

「梓に何と言ったのか、本当にわからないのか？」

次嶺は首を横に振る。

「細かいことは何も」

「そうか」

梓はあの言葉の何に笑顔を取り戻したのだろうか。それを知りたかったのだが。

「ただ、教えてくれた鳥の言うことにはですね」

次嶺はこほんと軽く咳払いをして続けた。

「ほどく言葉だそうですよ」

「ほどく？」

「ええ。固く縛り付けられているものを、ほどく言葉だそうです」

ならばそれは優しい言葉か、懐かしい言葉か。わらべ歌のようなものだろうか。

由太郎は梅の木に目をやった。暗闇の四つ辻で、白梅は光るように咲いている。その白い花びらにおぼろな月の光を集め、輝いている。

もしかしたら、この梅もまた、何かの思いを次嶺の言葉でほどかれたのかもしれない。物の怪じみた梅には、あの世の言葉がわかっても不思議ではないように思えた。

「私からも一つ、よいですかな」と、次嶺が言う。

「なんだ」

「由太郎殿はどうしてそんなに医者になりたいのです？　お父上が医者だというだけではないのでしょう？」

由太郎はなんと答えるべきか悩む。鷹原家の名をもう一度名医の名にと、母から強く言われたことはあった。由太郎自身もそう思ったことはあるが、次嶺の問いへの答えになるほど、大事だと考えてはいない。

記憶を遡《さかのぼ》るうちに思い当たり、ああ、と思わず笑う。

「裏の家の末っ子が、やたらと転ぶ子でな」

小さい頃からずっとそうで、あるとき膝を擦り剝《む》いて、道で泣いていた。由太郎が十になるかならないかの頃だ。

「膝からは血が出て痛そうで、俺は家から軟膏《なんこう》を持ち出して、塗ってやったんだ」

膝を水で洗い、染みると泣くのを我慢するように言って、手拭いで拭いて軟膏を塗った。

今思えばそれが初めての、医者の真似事《まねごと》だった。

「まだ血は止まっていないから痛みは続いていたろうに、もう大丈夫だと言ったら、その子はまるでもう治ったみたいに笑っていた」

「ほっとしたのでしょう」

「そうだな。あの顔を見たとき、医者というのはすごいのだなと、思ったのだ。父やほかの医者を見る目も、あのときから少し変わった」

人はみな、病や怪我《けが》から逃《のが》れられない。治したいのはもちろんだが、まずは安心したいのだ。医者の言葉で。人を喜ばせることができる者はいろいろいるが、安心させられる者は少ない。

子供の由太郎はそれを知った。先生、と呼ばれることの格好良さも知った。

このまま父のもとで学問を続けていれば、いつかは医者になれるのだと信じた。

「ありきたりでつまらんだろう」

「いいえ。素直でようございます」と、次嶺は雲間の光の差す中で笑っていた。

白梅辻をあとにするとき、由太郎は一度だけ振り返った。梅の木の隣は空っぽの闇で、由太郎の胸中は安堵と寂しさとが入りまじっていた。ただ、あの梅の木の向こう側に広がるあの世で、梓と八弥が仲睦《むつ》まじく暮らしていることを願った。

その晩が峠《とうげ》であった村岡八弥の母は、十日後、無事に家へ帰れたという。だからといって今さら鷹原白遼の評判がよくなるわけでもなかったが、由太郎はほっと胸を撫で下ろした。八弥が母を連れに来たのではないかというのは、由太郎の勘違いだったようだ。それとも、梅の咲くところを見られて喜んだ梓が、八弥をとめてくれたのかもしれない。

言っても笑われるだけだろうが、と前置きして、由太郎は次嶺にそのことを話してみた。

案の定、次嶺はいつものように薄く笑ってこう言った。

「そう思いたければ勝手に思えばいいのです。何事も、生きている者の思いようですから」

突き放すような言葉は実のところ、とても優しい声で紡がれたのだ。

東両国の猫と蠅

床の間を背にして、野崎元徳《のざきげんとく》は熱弁を振るう。

「西洋の解剖書《かいぼう》は、清《しん》のそれと比べてはるかに正確である。蘭書《らんしょ》が我が国でも読まれるようになったことは、じつに素晴らしいことであった。その先駆けは、やはり前野良沢《まえのりょうたく》と、杉田玄白《すぎたげんぱく》の訳した解体新書《かいたいしんしょ》であろう。あれの何が素晴らしいか。よいか。我が国には医者も学者も通訳もいる。だが、医者や学者には西洋の言葉を訳すことができず、通訳には医者の知識がないから、何が何やらわからぬ文章しか書けないのである。その道の者にしかわからぬ言葉があるからな。それを思うと、素晴らしい訳の解体新書に、あのお二方がどれほど尽力したかわかろうというものである」

元徳の話を、彼の向かいに机を並べた由太郎《ゆたろう》を含む三人の若者が、こちらもまた熱心に耳を傾けていた。あとの二人は町屋のせがれだというが、今日会ったばかりなので由太郎はよく知らない。

ともかくこの三人が、野崎周吾《しゅうご》の父、元徳の開いた私塾の最初の塾生だった。

「医者とはそもそも何のためにおるのか」

灰色の髪で結われた儒者髷《じゅしゃまげ》は、由太郎が知る頃よりわずかに細くなった。だが五十を過ぎても熱意も体力もいまだ衰《おとろ》えず、まなざしは老獪《ろうかい》な虎《とら》のような凄味《すごみ》を増していた。周吾の二人の兄は父に似ており、末の周吾だけが顔つきも物腰も柔らかい。

「杉田玄白先生は古希《こき》の折、日頃の養生がいかに大事かを『養生七不可《ようじようしちふか》』にまとめられた。鷹原《たかはら》由太郎」

「はい」

名を呼ばれて、由太郎は姿勢を正す。横に並んだ二人の視線を感じる。

「養生七不可を諳《そら》んじて見よ」

「はい」

場の雰囲気はぴりぴりとしていたが、由太郎にとっては何度も繰り返し読んだ馴染《なじ》みの深い本だ。間違えることはない。

「第一に、昨日の非は悔恨すべからず」

昨日の失敗をいつまでも悔やんでいてはいけない。

「第二に、明日の是《これ》は慮念《りよねん》すべからず」

まだ来てもいない明日のことを、思い煩《わずら》ってはいけない。

「第三に、飲と食とは度を超すべからず。第四に、正物《しようぶつ》にあらざれば食すべからず」

腹八分目を守り、風変わりなものは食べないこと。

「第五に、事なき時は薬を服すべからず」

悪いところもないのに薬を飲むと、内臓の負担になるのでいけない。

「第六に、壮実を頼んで房を過ごすべからず。第七に、動作を勤めて、安さ好むべからず」

元気だからといって、まだまだできるはずだと無理をしないこと。しかし楽をすることばかり考えず、つとめて体を動かすこと。

目を閉じて聞いていた元徳は、うんうんと頷《うなず》いた。

「よろしい。これらが杉田玄白先生の勧めた養生である」

由太郎はほっと胸を撫《な》で下ろしつつ、内心苦い思いでいた。第一と第二とに挙げられたことを、ずいぶんと長い間守れていなかった。己の性分とはいえ、これではさすがに体に悪い。

「近頃江戸では、金儲《もう》けのために医者になる者が、それこそ地から湧くように増えておる。皆はそのような医者にならぬよう、人々に養生を勧め、病に苦しむ人を減らすことを、まずは考えるように。病人で金儲けをしようなどともってのほかだ。人を健やかにすることで世を健やかとする。それが医者のあるべき姿である」

「はい」と三人、声を揃《そろ》えて答え、初日の講釈はしまいとなった。

塾は人形町《にんぎようちよう》にある野崎家の診療所、寿徳庵《じゆとくあん》の奥の間で開かれていた。門を出てほかの二人の門下生と別れ、風呂敷を下げて帰る道すがら、後ろから周吾が追いかけてきた。由太郎はぺこりと頭を下げる。

「どうだった、父上の講釈は」

「元徳先生の志《こころざし》は素晴らしいです。胸を打たれました。これから蘭方医学についても教えていただけるのだと思うと、とても楽しみです」

そう言うと、周吾は誇らしさと優しさの滲《にじ》む黒い目を細めた。

「父上に由太郎が来ると言ったら、それは喜んでな。空回りしないか心配だったのだが、よかった」

めずらしくからからと笑う周吾につられて、由太郎も笑う。周吾は京橋《きょうばし》の本屋へ行くというので、途中まで同行することになった。道中、あちこちに桜が咲いていて、暖かな風が桜の花を揺らしていた。

「しかし、由太郎が来てくれてよかった。この前会ったときは本当に暗い顔をしていたから、まさかこのまま医者を諦《あきら》めてしまうのではないかと思ったよ」

由太郎は苦笑して頭を掻《か》く。

「長く悩んでいたことがようやく晴れたのです。梓《あずさ》のことや父のことや。それから、今月の店賃《たなちん》のことなんかも」

「昨日のことと明日のことか。それではまったく、養生七不可に反する。医者の不養生、紺《こん》屋の白袴《しろばかま》だ」

「ええ、本当に。体に毒でした」

「もう毒ではなくなったか」

「はい」

　今はまだ言えないが、考えていることがある。そのため、店賃の払いを長治《ちようじ》に待ってもらっているのだ。そう話すと、周吾は一段と楽しそうに微笑《ほほえ》んだが、由太郎の考えを探るようなことはせず、その気遣いがまたうれしかった。

「ならば、盆が来るまでに何とかしないとな」

「ええ、俺は逃げ足があまり速くないので」

　借金取りは盆と大晦日《おおみそか》にやってくる。しかしその日が明ければ、次の盆か大晦日まで待つというのが決まりだから、払えない者はその日一日を逃げ回って過ごすのだ。

「そうでなくとも由太郎は目立つから。ほかの二人が驚いていたな。あの鷹原由太郎ではないかと」

「どの鷹原由太郎でしょう」

「名医のせがれのさ」

　思わず足を止めて見ると、周吾は柔らかく笑っていた。

「本当にそう思いますか」

「もちろんだ」と、周吾は自信たっぷりに頷く。

「病をすぐに治そうと思うなら、強い薬を使えば簡単だ。だがそれでは、別の内臓を悪くすることもある。ゆっくりと治そうとすることは、悪いことではない。治すならば健康にしなくては意味がないからだ」

「ですが、死んだらもっと意味がないのでは」

「もちろんそうだ。白遼《はくりよう》先生のところで死んだ病人は、どうして死んだのか。何が正しく、何が間違っていたのか。同じような死人を出さないために、我々は学び続けなければならない。白遼先生だけのことにあらず。一人の医者にとっての難題は、すべての医者にとっての難題なのだ。名医とは、どんな病をも治す医者のことだけではない。難題を明らかにする者もまた、名医なのだ」

陽堂《ようどう》がいたら、暑い暑いと扇《あお》ぎ出しそうだ。物腰は違えども、やはり周吾も二人の兄と親は同じだ。

「そこでだ、由太郎にこれを」

そう言うと、周吾は袂《たもと》に手を突っ込み、二冊の本を取り出した。その表紙を見て、思わず息が詰まる。右側を紐《ひも》で綴《と》じた赤茶の表紙の左端に記されていたのは、憧れともいえる言葉だった。

「解体新書ではないですか！」

初めて本物を見た。鷹原家は代々漢方医のため、そもそも蘭書をあまり置いていなかったのだが、そうでなくてもこれは貴重で高価な本だった。

「よいのですか!?」

思わず前のめりになる由太郎に、周吾は落ち着けと手で示しながら苦笑を浮かべた。

「貸すだけだぞ。私にもまだまだ必要な本だから」

「十分です！　解体新書に触れられるだけでも」

「全部で五巻あるのだが、今貸せるのはここまでだ。序文と解剖図の一巻と、巻之一……これは骨について書かれたものだ」

由太郎は感慨深く、二冊の書を慎重に、しかししっかりと握りしめた。

「ほかの者には内密にな。あの二人にはまだ早かろう。そうだ、父上にもな。由太郎だけ甘やかしたとあれば叱《しか》られる」

「はい！　ありがとうございます！　精進いたします！」

江戸橋《えどばし》近くで別れると、由太郎はくるりと踵《きびす》を返して人形町を過ぎ、新大橋《しんおおはし》へと向かった。新大橋は隅田《すみだ》川に架かる橋で、北に両国橋《りようごくばし》、南に永代橋《えいたいばし》がある。今日は長屋で花見をしているので、きっと落ち着いて読めないだろう。家に引きこもっていようものなら、引きずり出されてしまう。ならば外で読んだ方がいい。

茶屋で饅頭《まんじゆう》を買い、隅田川を望む床几《しようぎ》に腰かけると、由太郎は解体新書を開いた。

解体新書は東洋医学の書物とはまるで別物だった。元徳の言ったように、清の医学書は曖昧《あいまい》な部分も多く、本によって人体の骨の位置すら違うこともあるのだが、西洋の解剖書の的確さは見事なものだった。それもそのはずで、解体新書は体の造りを教えるだけでなく、解剖をする者の手引書でもあるのだ。

解剖とは何のために行うのか。

身体《からだ》の外形を知り、内部構造を知り、病因および死因を知り、最後は腐敗して朽《く》ちる過程を観察し、人体の全貌《ぜんぼう》を知るために行うのである。

由太郎は読んでいて身震いした。父が京で若い頃にその思想を学んだ山脇東門《やまわきとうもん》は、日本で初めて観臓《かんぞう》（解剖）を行った山脇東洋《とうよう》の息子だった。そのため鷹原家にも山脇東洋の解剖書、『臓志《ぞうし》』はあったのだが、あれは刑死人の死体を開いたものであるため、胴体と四肢《し》のみで頭部がなく、いささか粗雑な部分もあった。時代が違うと言ってしまえばそれまでだが、やはり解体新書の説得力が優っている。

挿絵がまた、素晴らしいのだ。内臓や全身の筋肉はもちろん、湾曲《わんきよく》する背骨や、背面や側面から見た脊椎《せきつい》、それらに複雑に組み込まれた管や神経は、それぞれの重なり方や役目までよくわかる。頭蓋骨《ずがいこつ》は外から見た形だけでなく、切り開いた内部、鼻の穴や口内の断面、眼球の断面や耳の骨、歯牙の根にいたるまで、正確に描かれていた。

人の体を開いたことのない由太郎にもそれが正確な絵だとわかるのは、その配置があまりにも美しいからだ。それ以外の置き方などあるはずがないと、言い切れるほどに完璧なのだ。

あまりの刺激に頭が痺《しび》れ、一刻ほど読み耽《ふけ》ったあとで、由太郎は左手に持ったままの饅頭を食べ忘れていたことに気付いた。視線は解剖図に落としたまま、すっかり皮の乾いてしまった饅頭を口へと運ぶ。何回も嚙《か》んで飲み込むと、饅頭が脊椎の脇の食道を通り、肋《ろっ》骨《こっ》に守られた胃へと落ちていくのがまざまざと感じられた。

一度に読んでは頭が持たない。西洋医学とはつくづくすごいものだと感嘆のため息を吐き、由太郎は本から顔を上げた。

目の前の川を、舟が西へ東へと行き来している。遮《さえぎ》るもののない空は、ぼうっと見上げていると頭が軽くなった。

「あんた、茶ぁ飲まねぇから冷めちまってるよ」と、親切に茶を淹《い》れ直してくれた店主を眺めているうちに、その人のよさげな顔が、皮と肉とを剝《む》かれたように、骨と脳と眼球と、管と神経とが正しく配置されたものに見えてくる。

「ああ、すみません」

「茶は熱いうちに飲まなきゃいけねぇよ」

やがて脳と眼球も取り除かれ、穴の空いた髑髏《どくろ》の顔でけたけたと笑うと、店主は店の奥へと戻っていった。

見回せば、話に花を咲かせている三人連れの女たちも、隅田川を行く船頭も、みな骨だけになっていた。細く、節のある骨の手で相手の肩を叩いたり、櫂《かい》を握ったりしている。そのうちに、熱い湯呑《ゆの》みを持つ己の指まで骨に見え始めた。

なるほど、人は一皮剝けばみな同じかと、由太郎は茶をすする。

ようやく人が元通りの姿に見えるようになったのは、玉絹《たまぎぬ》長屋に着く頃だった。時刻は昼の八つ時。どこからか桜の花びらが風に飛ばされて、ひらひらと舞っている。春の風はまとわりつくように暖かい。

長屋の木戸まではまだ何軒もあるというのに、明らかにそちらの方角から、賑やかな声が聞こえていた。花見が盛り上がっているのはわかるのだが、木戸に人だかりができているのはどういうわけだろう。

人をかき分けて木戸をくぐると、細い路地の中まで人でいっぱいだった。大人も子供もいる。長屋の面々は長治に奈津《なつ》、奈津の母親のお益《ます》に伊助《いすけ》、馨《かおる》までいるが、一際大きな声で喋《しゃべ》っているのは長屋の住人ではなかった。皆が声の主に見入っている。

「さあさあお次はこの白蛇《しろへび》だ！　そりゃあ蛇じゃなくて紙だって？　ところがそこの兄さんよ、よぉく見てな。こいつは俺のことがそりゃあ好きで、俺の体の上となりゃぐるりぐるりと這《は》い回るのよ！」

その男は長屋の奥の井戸を背にして立ち、皆に向かって両腕を広げていた。

姿を見る前からわかった。急《せ》く心を抑えられず、由太郎は思わず叫んだ。

「虎吉《とらきち》！」

白い蛇腹《じゃばら》の紙でできた蛇を持つ男は上だけ裃《かみしも》のおかしな姿で、由太郎を見るなり、ぱっと子供のように顔をほころばせた。

「おお！　由太郎！」

すでに酔っぱらっている長屋の面々と馨が、手を止めた虎吉にせがむ。

「おいおい由太郎はいいから、さっさとその蛇を這わしてくんな」

「おっと、悪《わ》りぃ悪りぃ」

虎吉は苦笑して、蛇の芸を続ける。なぜ虎吉が玉絹長屋で芸を披露しているのだろう。状況が飲み込めず立ち尽くしていると、誰かが由太郎の袖《そで》を引っ張った。振り向くと、伊助が小さく手招きをしていた。伊助は自分の家の前にござを敷いていて、由太郎が座れるように隣を空けてくれた。

「とりあえず終わるまで見てな」

伊助はにっと笑って虎吉を指す。たしかに今は、口を挟まない方がよさそうだ。由太郎はおとなしくござに腰を下ろす。

「ほうら、よしよし」

虎吉がそう言うと、紙の白蛇は袢の上を体をひねりながら滑らかに這った。袖の中では糸を引いているはずだが、見ているととてもそうとは思えない。まるで蛇が自《みずか》ら動いているようだった。

虎吉とは、幼い頃に同じ寺子屋に通っていた幼馴染《おさななじ》みだ。虎吉は、両国橋を渡った隅田川の東にある盛り場、東両国の見世物《みせもの》小屋のせがれだった。

東両国は、もとは火除地《ひよけち》（火事の際の避難場所）として作られた広小路《ひろこうじ》に、多くの見世物が集まっているところだ。軽業《かるわざ》、曲芸、手妻《てづま》、芝居、竹や菊の花やギヤマンなどで作られた精巧な細工類、からくりに妖《あや》しい生き物、果ては舶来《はくらい》の珍獣《ちんじゅう》まで。そこにはありとあらゆる娯楽がある。

中でも東両国の名物といえば、古くからあるいかさまの見世物小屋だ。小屋といっても丸太で柱を組み、菰《こも》を掛けただけの簡単なつくりなので、仮小屋《かりごや》と呼んだ方が合っている。

その仮小屋がそこら中にあり、入り口には看板や幟《のぼり》が立っている。

たとえばその看板に「大イタチ」と書いてあるとする。

「さあさあ、世にもめずらしい大イタチだよ！　五人がかりで捕まえた、なんと五尺の大イタチ！　今見なくっちゃ、もう二度とお目にかかれないよ！」

声を張り上げる呼び込みに金を払い、菰をくぐって中に入ると、薄暗い小屋の中、蠟燭《ろうそく》の頼りない明かりのもとに、血のついた五尺ばかりの板が置いてある。大きな板に血がついて、大イタチ。洒落《しゃれ》である。

看板に「大穴子《あなご》」と書いてあれば、大きな穴の中に子供がいるだけだし、「獲《と》れたてのかっぱ」とあれば、水に濡《ぬ》れた雨合羽《あまがっぱ》が掛けられている。ただそれだけのことだ。

それでどうして商売が成り立つのかというと、怒る客がいないからだ。みな帰るときには笑って小屋を出て行く。

そんなもので商売をする滑稽《こっけい》さを笑い、騙《だま》された他人と己とを笑い、また騙されるとわかっているのに入ってしまった己を笑う。東両国は大らかな嘘《うそ》と大らかな笑いの上に成り立っている町なのだ。

とはいえ、そんなおかしな見世物ばかりでもない。軽業や手妻などは名人芸が拝めるし、細い竹を籠《かご》のように編んで作る巨大な竹細工の武将や孔雀《くじゃく》、衣装を菊の花で表した菊細工の歌舞伎《かぶき》役者の人形など、ここでしか見られない、一流の技を駆使したものもたくさんある。

それなのに、どうして東両国といえばいかさまの見世物小屋が名物なのかというと、同じ遊興地でも、両国橋を渡った西にある西両国では、いかさまの見世物が禁じられているからだ。将軍のお膝元《ひざもと》である隅田川の西側で、いかさまは許されない。そのため、おかしなものほど東両国に集まるようになったのだ。

そこでしか見られないものと懐かしさとを求めて、人々は両国橋を東へと渡っていく。

「さて、お次はどこから出てくるか!」

白い蛇は袖の中へもぐると、どこをどう通ったのか、胸元からひょこりと顔を出した。わあ、と見物人が声を上げる。どういう仕掛けなのかと難しい顔で考えている者は、隣の者に叩かれて、いいから驚け、笑えと言われる。

今日は花見のはずだったのに、これでは桜も形なしだ。由太郎は虎吉の背後へと目をやる。玉絹長屋に桜はないが、長屋の突き当たり、厠《かわや》と芥溜《ごみた》めの向こうの板塀の上から、隣の長屋の見事な桜の太い枝が一本、はみ出している。その桜を肴《さかな》に、玉絹長屋では毎年花見をするのが恒例なのだという。厠の屋根にかかる桜を見るとは、と由太郎は初め気が進まなかったのだが、いざ咲いてみると見事なもので、そこが厠の屋根だということは気にならなかった。桜はどこに咲こうと美しい。

芯の赤くなった桜の花は虎吉の背に散って、まるで芝居の見せ場のようだ。

ほれ、と長治から差し出された稲荷寿司《いなりずし》を頬張《ほおば》り、見事だなと由太郎は思う。

「ああすごい、ベロまで出したよ」と、奈津と母のお益が喜んで見ている傍《そば》では、蛇が嫌いなのか、馨は少し引きつった顔をして、それでも笑っている。

「由太郎の友達なんだってな。おめぇを探しに来たんだよ」

伊助はそう言って稲荷寿司を口に放り込む。今日も頭に手拭《てぬぐ》いを巻き、木屑《きくず》だらけの仕事着のままで酒を飲んでいる。部屋は由太郎の隣だが、伊助のもう一方の隣には、父親の庄蔵《しょうぞう》が住んでいる。姿が見えないということは、花見が始まって早々に酒を呷《あお》り、虎吉が来る前に部屋に引っ込んで寝てしまったのだろう。そうでなければ、喧嘩《けんか》も祭りも好きな庄蔵が出てこないはずがない。

「なんだ、友達いるんじゃねぇか」と、伊助は稲荷寿司の煮汁のついた手で、由太郎の背を叩く。

「いつも一人だからよ、いねぇのかと思ったぜ。おまけに東両国の芸人とはな。もっと早く教えてくれりゃいいのによ」

「そうだぞ」と、長治まで加わる。

「いや、俺も会うのは二年ぶりですから。ずっとよそへ行ってたんです」

ああ取り締まりかと呟《つぶや》いて、伊助は酒をぐいと飲み干した。

仮小屋の見世物には決まった商売の場所が与えられていないため、ときどきお上から取り払うよう命じられることがある。火除地に長く居座られては、火除地の意味がなくなってしまうからだ。お上の立ち入りがあるとき、簡単に小屋をばらしてあっという間に立ち退《の》けるよう、小屋は柱と菰だけでできている。見世物小屋の方も、決まった場所でずっと興行をしていようとは思っていないのだ。

一度お上の取り締まりがあると、一座の者たちは一旦《いったん》江戸を出て、箱根《はこね》や名護屋《なごや》や、遠くは大坂《おおさか》辺りまで行って稼いでは、ほとぼりが冷める頃に江戸へと戻ってくる。東両国はよほど居心地がいいらしい。

「はいよ、これにておしまい」

白蛇をぐるりと首に巻きつけ、虎吉は両手を広げて一礼した。芸ももちろんだが、声がまたよく通る。虎吉は東両国の見世物一座の中でも古い、勝駒《かちこま》一座の座長の息子だ。呼び込みや義太夫《ぎだゆう》の真似事《まねごと》もやるので、普段から声を張る癖が抜けない。

「お見事！」

「よっ、日本一！」

男衆の掛け声に機嫌をよくした虎吉は、照れ笑いを浮かべて由太郎の方へとやってくる。

「由太郎、どうだった？」

虎吉は首に巻いた白蛇をほどき、また手の中で生きているように操ってみせる。

「おもしろかったよ。見事だった。相変わらずすごいな」

「そこは相変わらずじゃなくて、上手《うま》くなったって言うもんだぜ」

機嫌よく笑い、由太郎の風呂敷包みから覗《のぞ》く書物を目ざとく見つける。

「そっちこそ、相変わらず学問学問か」

虎吉は仕掛けのついた裃を脱ぎ、その上にぽんと紙の白蛇を置いた。伊助は虎吉に場所を譲るように立ち上がり、長治の方へ行ったので、虎吉はござに並んで腰を下ろす。お奈津が足取り軽くやってきて、二人に湯呑みを渡すと、ざぶんと酒を注いでまた母親のところへと戻っていった。集まっていた見物人たちは満足そうに帰っていき、いつも夕方に長治の店の番をしている子供たちは、長治と伊助から菓子をもらって駆けていった。

「浅草《あさくさ》の家へ行ったらよ、女中《じょちゅう》のほら、富婆《とみばあ》さんは、坊ちゃんはいないの一点張り。宝《ほう》介《すけ》が出てきてここにいるらしいって言うからよ。会いに来た」

はらはらと舞う花びらを待つように湯呑みを揺らしていたが、花びらは湯呑みを避けて虎吉の着物についた。

「そうだったか」

気前のいい虎吉のことだ。由太郎が留守でも、花見の最中と聞いて一肌脱いでくれたのだろう。湯呑みを脇に置き、紙の蛇と裃とを風呂敷に包む。包みの中は何に使うのか想像もできない奇妙な道具でいっぱいだった。この風呂敷一つに東両国が詰まっているかのようだ。ここにあるものだけで、いくつもの芸ができるのだろう。

「富と宝介は達者だったか？」

「ああ。なんだ、会ってねぇのか？」

「しばらく前からここで世話になっていて、浅草の家へは半年帰っていなくてな」

「こんなに近《ちけ》ぇのにな。あの婆さん、俺のこと相変わらず嫌いなんだな。俺が門を出たら塩まきやがってよ」

さして堪《こた》えた様子もなく、虎吉はからからと笑い飛ばしていた。由太郎は苦笑する。

「もう戻ってきて平気なのか？」

「ああ、たぶんな。また追い出されるまでは東両国にいるよ」

「追い出されるまでは、か」

「所詮《しょせん》根無し草よ。慣れたもんさ」

そう言って、湯呑みの酒をぐっと飲み干す。

「ああ、美味《うま》い」

弾《はじ》けるように笑った顔は、酒の味以上に、友との再会を喜んでいるようだった。

「宝介に、由太郎はどうしてるか訊《き》いたんだけどよ、はぐらかすばっかりで答えやしなくてよ」

宝介には答えられないだろうなと、由太郎は苦笑する。宝介も虎吉のことはよく知って
いるから無下《むげ》にもできず、さぞ困ったに違いない。

「心配だったんだが、由太郎は学問続けてんだな。ああ、よかった。由太郎が何かおかし
なことになってやしないか、本当に心配だったんだ」

その口ぶりでは、梓のことも聞いたのだろう。

「医者だけは、目指すことをやめずにいるよ」

「そうかぁ、学問はどこでもできるからなぁ」

「今は野崎元徳先生の塾に通っている」

「寿徳庵の元徳先生か！　おっかねぇけど、いい先生だよな！　由太郎は頭がいいからよ、
医者にならなきゃもったいねぇや。親父《おやじ》さんにもずっと教わってたわけだしよ。昔っから
頭がよかったもんな」

虎吉の記憶の中の由太郎は、子供の頃のままで止まっているらしかった。なんとなく目

を逸《そ》らすと奈津と目が合った。奈津はすました顔で、小さく一つ頷いた。促《うなが》されている気がして、酒を口元へ運ぶ。

「また遊びに来いよ」と、虎吉は朗《ほが》らかに笑う。

「ああ。懐かしいな、東両国」

もう何年も、あの町に足を向けていない。虎吉に会うことはあっても、それはいつも隅田川の西側だった。また行きたいと思っているうちに、いつの間にか勝駒一座は江戸を追い出されていたのだ。

「本当に見事だったよ、今日の蛇使い。さすがは勝駒一座の虎吉だ」

「そうだろう?」

虎吉は得意げに笑う。よく笑う男だ。腕も脚《あし》も太くなり、体は大きくなったが、やんちゃそうなまなざしは子供の頃から変わらない。

「一座の人気演目なのよ。小屋じゃもっとすげぇのもやるぜ。急だったから袴は穿《は》けなかったしな」

風呂敷包みを背負って立ち上がり、虎吉は長屋を見回す。

「袴にも仕掛けがあるのか?」

「勝駒一座の衣装に、ただの着る物なんかないさ。そっちの蛇嫌いの兄さんも、見に来るといい。もっとぞっとするぜ」

おちょくるように言うと、磬はつまみのきんぴらを口から離し、苦々しげに舌を出した。

虎吉は豪快に笑う。

「きれいな顔だな兄さん。役者かなんかかい？　うちの一座に欲しいようだ」

「俺は地紙《じがみ》売りさ」

「地紙売りたあ、めずらしい。東両国にゃ扇子《せんす》は山ほどあるぜ」

「そいつはいい」

「だろ。来るといい。由太郎も来てくれよ」

初めて会う磬とも、臆《おく》することなくぽんぽんと話す。芸事一座の生まれだから当たり前なのだろうが、由太郎には少し羨《うらや》ましかった。

「ああ、近いうちに必ず」

「待ってるからな。じゃあ俺そろそろ行くわ。まだ帰ってきたばっかりで、ほれ、荷物も下ろしに行ってねぇんだ。美人の猫娘が入ったんで、ありがてぇことに大忙しでよ」

そう言うと、奈津たちにも愛想を振りまいて、虎吉は行ってしまった。

静かになった途端、長屋の奥からは、地鳴りのようないびきが聞こえてきた。庄蔵の家だ。

「ジジイがうるせぇなぁ。寝ても起きてもぎゃあぎゃあうるせぇんだ」

伊助は眉をひそめて頭を掻く。なんでも二人は、以前は一緒に住んでいたらしいのだが、二人とも喧嘩っ早く、ある晩大喧嘩をして庄蔵が息子を追い出した。だがもう木戸も閉まった夜遅くで、伊助はたまたま空き家だった隣の戸をこじ開けて転がり込み、そのままそこに住むことになったのだという。昼間は一緒に仕事をしていることもあり、仲が良いのか悪いのか、よくわからない親子だ。

「ったく、まるで蟇蛙《ひきがえる》だぜ、あのジジイ」

「もう慣れっこだ。気にすんな」と長治が言い、

「俺は慣れてねぇが気にすんな。爺《じい》さんてのはどこもあんなもんさ」と馨が言う。

「まあまあ、あんたたち」

お益は両手で湯呑みを持ち、若い連中をたしなめるように見渡すと、おっとりとした口調で言った。

「いいかい、あんな庄蔵さんでもね、いないとやっぱり……静かでいいか」

「おっ母《か》さんそれどうしようもないじゃない」

途端にどっと笑い声が溢《あふ》れ、長屋中を包み込んだ。由太郎もひとしきり笑う。

お益は体が弱く、寝ていることも多いのだが、馨が来ていると聞くとたいてい家から出

てきた。そのときには必ず、白粉《おしろい》をはたいてから来るのだ。そしておっとりとした口調で馨とたわいもない話をし、茶を飲んでしみじみと言う。

「男も女も、やっぱり若くてきれいなのがいいねぇ」と。

奈津を目当てに顔を出している馨の思惑はどうあれ、馨と会ったあとのお益は数日の間はぴんぴんしているのだから、あながち悪いことでもないようだ。若くてきれい、というところに当てはまるようで、お益は由太郎と話すのもうれしそうにしているが、やはり馨ほどではないらしい。今日は虎吉の芸を見られたこともあってか、いつにも増してお益は顔色がよかった。声にも張りがある。

「しかし虎吉ってのは、気持ちのいい奴だったな」

そう言ったのは馨だ。

「そうだね。蛇使いの芸だって、惜しみもしないでぽんと見せてくれたし」と、奈津も頷く。

「でもあんたみたいなのに、あんなさっぱりした友達がいるとは思わなかったよ。寺子屋に通ってた頃からなんだって？　もう付き合いも長いんだね」

「ええ、まあ」

たまたま同じ寺子屋にいて、似た性分でもないのになぜか馬が合った。だが、東両国の見世物小屋の子を、由太郎の母はそれはそれは嫌っていた。一緒に遊んではいけないと、由太郎は何度も怒られたし、寺子屋の帰りに二人で歩いているだけで咎《とが》められた。女中の富が虎吉を嫌うのは、母が嫌っているからだ。

しかし虎吉本人はそんな嫌悪の目など気にすることもなく、由太郎を何度も遊びに誘い、東両国へも連れて行ってくれた。当時の由太郎には仕掛けのわからないものもたくさんあり、文字通りの子供だましのものにさえ、あの町の一つ一つに心をときめかせたものだ。

藪《やぶ》のせがれでも見世物小屋のせがれでも、そこでは誰も指を差さなかった。

「東両国か。そろそろ商売の場所を広げようと思ってたんだ。ちょうどいい。行ってくるかな」

馨がそう言うと、奈津がいじわるそうに目を細めた。

「蛇にゃ気をつけなよ」

「なっちゃん、忘れてくれよ」

「いやさね」

聞いていた長治とお益が笑う。

「巷《ちまた》で噂《うわさ》の美男子は蛇が怖いか」

「好きなやつなんかいるのかよ」と、馨がふてくされると、お益が奈津を指して言った。

「この子は素手でとるよ」

「げっ」

「なっちゃんはつくづく怖いものなしだ」と、伊助までにやにやと笑うので、奈津の顔はみるみる赤くなった。

「もう、おっ母さんやめとくれ。あたしだって好きでとってるわけじゃないんだ」

「ぐわっとね、こう、鷲掴《わしづか》みさ」

「おっ母さん！」

奈津の叫び声と、男たちの笑い混じりの悲鳴を聞きながら、由太郎の心は子供の頃へと戻っていた。

東両国か。

虎吉の活躍はもちろん見たいのだが、気の進まないところもある。まだ十二の頃、虎吉に誘われて初めて行った東両国で見たものが、今も忘れられないのだ。今でもその正体がわからない。あれは一体、なんだったのだろうか。

翌日の昼過ぎ、由太郎は日本橋《にほんばし》で次嶺《つぎね》をつかまえると、何か食いに行かないかと誘った。次嶺はちょうど、川越屋《かわごえ》での仕事を終えて出てきたところだった。

「本鍵ってやつはできたのか?」

「ええ、今しがた渡してきたところです」

由太郎が見習いとしてついていった日に作った銅の鍵は、とうとう鉄の鍵になったらしい。元の鍵のツメを折ってしまった若い女中も、さぞかしほっとしたことだろう。

鍵付きの大事な引き出しに入っていたのは、女将《おかみ》の姉の形見だという古い櫛《くし》だった。浅草の白梅辻《はくばいつじ》に出る女の幽霊を、女将は自分の姉だと信じていた。

「女将さんは、幽霊のことは何か言ってたか?」

次嶺は首を横に振った。

「いいえ」

「そうか」

「どこかに若い娘の幽霊が出たら、また言い出すやもしれません」

白梅辻の幽霊の噂は、少しずつ聞かなくなっている。人の噂も七十五日。幽霊の噂が消えるのは、もっと早いのかもしれない。

「由太郎殿、私まだ今年になって白魚《しらうお》を食べておりません。白魚はいかがですかな」

「さすがに高いな」

「では、蛤《はまぐり》鍋でどうでしょう」

「蛤か。それはいい」

蛤鍋を出す店に入り、二人分注文して待つ間、次嶺から尋ねてきた。

「どうですか、塾は」

「まだ始まったばかりだからな。なんとも」

「そうですか。では医者を始めるのはまだ先になるのですかね」

「いや、実を言うとそうでもない」

「というと?」

塾で学んでいるのは蘭学だが、東洋医学、つまるところ漢方医学に関しては、もう書物で学べることはないほど、どの医学書も熟読している。あとは実際に病人を診《み》てみなければ、これ以上のことは学べない。

「実は近いうちに、徒歩《かち》医者の、真似事のようなものを始めようかと思ってな」

「ほう」

徒歩医者とは、病人のところへ往診に行くのに徒歩で行く医者のことだ。駕籠《かご》に乗って行く駕籠医者より位が低い者を指すのだが、徒歩医者も駕籠医者も、本来はどちらも自分の診療所を持っている。由太郎の言う徒歩医者の真似事とは、診療所を持たず、歩き回って病人を探す医者という意味だった。

「つまり、行商の医者みたいなものですか」

「手っ取り早く言うとそういうことになる」

薬箱を背負い、町を歩いて病人を探し、その場で薬を調合するのだ。それならば今の長屋から移らずにすむし、人を雇わなくてもいいから、薬の値段も下げられる。

棒手振《ぼてふ》りの薬売りは市中にたくさんいるが、彼らはたいてい、一種類の薬しか扱わない。越中《えっちゅう》富山の反魂丹《はんごんたん》売りや、枇杷《びわ》の葉売りがそれだ。彼らは言ってしまえば薬屋に雇われた商人で、医学の知識があるわけではない。その違いが強みになると由太郎は考えた。

「俺が診て治せるくらいなら治してやれるし、俺に無理なら、寿徳庵に連れて行く。元徳先生や周吾さんなら、別の治療法も心得ているだろうからな。俺は蘭学はまだまだだから」

医者というには中途半端だが、今までに学んできたことは活《い》かせる。今さらぎくしゃくした実家へ帰る気もないし、かといって寿徳庵の医者になるわけにもいかない。だったら、自分にできることを、できるところまでやろう。その先は学びながら、少しずつできるようになっていけばいい。それが由太郎の出した結論だった。

「せっかく免状なしで医者になれる江戸にいるんだ。だったら名乗らないのも損だと思ってな」

「なるほど……由太郎殿、少し変わりましたか」

「変わった？　何がだ？」

そこへ料理が運ばれてきて、湯気を上げる土鍋が二人の前にそれぞれ置かれた。蛤鍋は潮《うしお》仕立ての塩味の汁に、具は蛤のみという素朴《そぼく》な料理だが、これがうまいのだ。春にしか食べられないご馳走《ちそう》だ。透き通った汁は鍋の底の方で青みがかった白色に見え、そこに蛤のうまみが溜まっているのだと思うだけでよだれが出る。二人はそそくさと、まずは大きな匙《さじ》で汁を飲み、ふう、と満足げな息を同時に吐いた。

「ああ、うまいですなぁ」

心からの声だった。

「うまいなあ」

「おや、何の話でしたか」

「俺が変わったとか、なんとか」

「うまいですなぁ。体に染みますな。ああ、そうでした。考え方といいますか、気性といいますかね」

「ふっ切れたのかもしれないな。それにしてもうまい」

病は己の中にあるとわかったのだ。病因を取り除かなければ、見てくれを取り繕《つくろ》ったところで何も変わらない。

「いいことだと思います」

「ん」

蛤の身はふっくらと厚くて、歯でほぐすたび、飲み込むのが惜しくなるほどうまかった。

「それで漢方の生薬《しょうやく》を集めなければならないから、今度手伝ってくれないか」

「いいですよ。山へですか」

「いや、水辺だな。欲しいのは蟇蛙だ」

次嶺が口から匙を離して訝《いぶか》しげな顔をする。

「それもたくさん要るんだ」

「それは……断れますかな」

「さっき手伝ってくれると言ったではないか」

「薬草採《と》りかと思ったもので」

さんざん渋りながらも、次嶺は引き受けてくれた。もしかするとイモリの黒焼きのように、蟇蛙を丸ごと焼いたものを想像したのかもしれない。

「それを頼みたくて私を誘ったのですか？」

「いや、実は訊きたいことがあってな。少し待ってくれ。長い話になるから」

そう言うと、由太郎は蛤をもう一粒口へ運んだ。食べきってしまってから話したい。こんなにうまいものを食べながら話すには、少し気の滅入る話なのだ。

「大事な友達と、人ならざる者の話だ」

ぴくりと、次嶺の眉が動いた。


それは由太郎が十二歳の春のことだ。虎吉に誘われて、由太郎は初めて東両国へと足を踏み入れた。両国橋を渡ると、そこは異様な場所だった。芝居小屋に見世物小屋、粗末な造りの飾り立てられた物見櫓《やぐら》。派手な看板に幟、道行く人の風貌《ふうぼう》も派手だった。役者や芸人なのだろう。赤、黄、緑、桃、紫、青と、派手な色に派手な色を重ねたちぐはぐな着物に、白粉は真っ白に厚く塗り、真っ赤な紅《べに》をさしていた。三味線《しゃみせん》や鼓《つづみ》や唄《うた》や太鼓《たいこ》があちこちから聞こえ、そこに笑い声と悲鳴とが交じる。音と声とは止むことなく、騒々しく続いていた。

由太郎はふわふわと落ち着かない心持ちで、虎吉に手を引かれてその町を歩いていた。まるで綿の上を歩いているかのような心地だった。人はたくさんいる。だが子供は少なくて、由太郎は少しうれしくなった。

ここは大人たちの遊び場なのだ。大人たちの町に潜り込んで遊んでいる。父と母にはもちろん秘密のまま来た。由太郎はわくわくする心を隠せずに、何を見ても笑っていた。

「ここが俺の家。勝駒一座だ」

そう言って虎吉が誇らしげに示したのは、丸木柱を組んで菰をかけただけの仮小屋の一群れだった。表通りから少し奥に入った場所にあり、赤や黄色の派手な幟には、「ろくろ首」だの「猫娘」だのと、おどろおどろしい文字で書いてある。

「この辺りに見世物の一座が集まってるんだ。ここらで何でも見られるぜ」

虎吉の笑顔に応《こた》えるように由太郎もすごいと言って喜んだが、心の内にはわずかに翳《かげ》りが生まれていた。それは今まで感じたことのない翳りだった。幟は燃えるような色をしていたが、端はほつれて糸が垂れ、仮小屋の菰もまた、ぼろぼろにもつれていた。

「恥ずかしい話だが、あのとき俺は初めて、母が虎吉をあんなにも毛嫌いしていた理由がわかったのだ」

声を落として由太郎は言った。口に出すのも嫌だった。次嶺はあと三つ残った蛤の身を、大事そうにゆっくりと食べている。

「お母上の生まれは、確か大店《おおだな》でしたな」

「ああ」

「ならば、そうかもしれませぬな。同じこの世であっても、生きる世界の違うことは往々にございます」

「俺は、それが恥ずかしかった。母の思っていることが、わかってしまったことがな」

それがわかったからといって、子供同士の仲がすぐに変わることもなかったが、由太郎は心に翳りを抱えたまま、勝駒一座の見世物を見て回った。舞台に寝転がって脚を垂直に上げ、太ももまで露《あらわ》にして足の裏で器用に米俵《こめだわら》や枡《ます》を回す足芸の姐《ねえ》さんたちや、長い筒を使ってろくろ首を演じる二人組や、血糊《ちのり》まみれの若衆は、みな気のいい人たちで、由太郎を虎吉と同じようにかわいがってくれた。

二人を驚かそうと追いかけてくる、妖怪に扮《ふん》した男をかわし、小屋から飛び出して笑い転げていると、けばけばした色の着物を着た女が、別の小屋から顔を出して言った。

「虎吉《とらき》っつぁん、五郎《ごろう》が腹を壊しちまったんだ。河童《かっぱ》の子の役、やってくれないかね」

そこは芝居小屋らしかった。

「おう、いいぜ。由太郎、悪いな。一座の一大事だ。俺ぁ行ってくるぜ」

まるで一座の危機を救えるのは自分だけだとでも言うように、誇らしげな顔で虎吉は芝居小屋へと走っていった。由太郎は手を振り、それを見送る。虎吉が河童の子の役で出るのがどんな芝居なのか気になったが、小屋は大人たちでいっぱいで入れなかった。手持ちの銭《ぜに》も少ない。

諦めて小屋の外へ出た由太郎は、心のどこかでほっとしていた。なんとなく、虎吉が頭に皿を乗せ、体を色粉で染めて粗末な舞台に上がるのを見たくなかったのだ。

己は母と同じなのだろうか。

思えば寺子屋の中にも、虎吉が見世物一座の息子だと知って近付かなくなる子供がいた。その子らはきっと、東両国がどんな町なのか、見世物小屋がどんなところか知っていたのだ。

おもしろい場所だ。けれど猥雑《わいざつ》で、濁《にご》った風の吹く場所だ。その濁りを楽しみ、懐かしむ者だけがまた足を運ぶ場所だ。

「この先も虎吉と友達でいられるだろうかと、急に心細くなったのだ」

そう思った時点で、きっともう、由太郎の虎吉を見る目は変わってしまっていたのだ。藪の息子も見世物一座の息子も、同じようなものだと思っていたはずなのに、己は母と同じ目で虎吉を見ているのか。

後ろめたさを抱えながら、由太郎は見世物小屋の、菰と菰との間の道をぐるぐると歩いていた。

そのうちに、自分がどこにいるのかわからなくなってしまった。

勝駒一座の幟は、いつの間にか遠くにあった。見えるのは連なる菰掛けの小屋ばかりで、幟はそれらの向こうに先だけが見えてひらひらと揺れている。笑い声はそこら中の小屋から聞こえるのだが、小屋と小屋との隙間《すきま》の細い道に人はおらず、笑い声が聞こえれば聞こえるほど、由太郎は寂しい心持ちになった。

風の強い日で、風が吹くたび、どこかの菰がはだけて笑い声が不意に大きくなる。そのたびにびくびくしながら、由太郎は菰に囲まれた道をゆっくりと進んだ。

また風が吹いて、傍《かたわ》らの小屋の壁の役割をしている菰が揺れ、隙間からわずかに中が見えた。そこは見世物一座の仕度部屋らしかった。
十六、七の若い娘が、薄暗い小屋の中で化粧をしていた。明かりは蠟燭がいくつかあるだけで、横顔の顎《あご》のあたりがわずかに見えたが、左手に持つ手鏡で、顔は隠されてばかりだった。
娘は上半身の着物をすべてはだけており、白い乳房《ちぶさ》も露になっていた。化粧は乳房の少し上、鎖骨の辺りから施《ほどこ》されている。それはただの化粧ではなく、動物の毛並みを描いたものだった。白粉を塗った上に、筆で茶色い毛を描いているのだ。おそらく猫娘だろう。鎖骨から肩口まで、それから首。筆は顔にも運ばれていく。

由太郎はその光景に見入っていた。見てはいけないのかもしれないと頭の隅《すみ》で思いながら、それでも目を離せずに、菰の隙間を覗き続けていた。

見世物小屋の集まる一角で、背筋を伸ばして化粧をし、人から獣《けもの》になっていく。薄明かりの中のその光景が、なにかとても美しいものに思えた。時折鏡が蠟燭の光を跳ね返し、娘の体を刹那《せつな》照らしたときなど、息を呑むほどに美しかった。

　あまりにも無遠慮に見過ぎていたらしい。娘の手鏡に、菰の切れ目から覗く由太郎の姿が映った。

「誰だえ!?」

　勢いよく振り返った娘の顔を見て、由太郎は肝《きも》を潰《つぶ》した。

　娘の顔は猫そのものだったのだ。

　黄色く光る大きな目も、鼻もひげも口も、そこから覗く尖《とが》った歯も、何一つ人間のものではなかった。頭には先ほどまでなかったはずの、一対の耳まであった。

「腰を抜かしたのはあとにも先にもあの一度きりだ。這うようにして、見世物小屋の群れの中からやっと道まで出たときには、膝が震えて、しばらく立ち上がれなかった」

　その日は出番を終えた河童の格好の虎吉に会うなり、別れを告げてそそくさと帰った。

だが、あの娘のことが頭に染みついて忘れられないのだ。

　それから何日も、夜も眠れず、飯も喉《のど》を通らず、なのに不思議と、だんだんとあの娘に会いたいと思うようになっていった。

「それは呪縛のようなものですかな」

「いや、それとは少し違うような気がするのだが、その、なんというのか、呪縛、呪縛か。呪縛……まあ、近いような遠いような」

歯切れの悪い由太郎の顔をしばらく眺めていた次嶺は、やがて噴き出した。

「まさかとは思いますが、片恋ですかな」

顔を赤くしながら、由太郎は否定できなかった。

「そう……ではないと思うのだが、そうでないとも言い切れないかもしれん」

「なんです、はっきりしませんな」

「お前が言うのかそれを」

由太郎はそのあとも何度か東両国に足を運んだのだが、知らず知らずのうちに探していたのはいつも猫娘だった。猫娘と書かれた幟の小屋に入っては、作り物の耳をつけ、目の縁取りとひげとを描き足しただけの猫娘を見て、肩を落として出てきたものだ。

あの娘はどこに行ってしまったのだろう。

それとなく虎吉に訊いてみても、彼の知る猫娘は、もうみな由太郎が見てしまったものばかりだった。そのうちに学問も忙しくなり、足が遠のいて忘れていたのだが、二年ぶりに現れた虎吉が、美人の猫娘が入ったと言うのを聞き、不意に思い出されたのだった。

「あれはなんだったんだろうか」

「さあ、なんでございましょうな」

返事はまた曖昧だ。曖昧同士では話にならない。眉間《みけん》にしわを寄せる由太郎をよそに、次嶺は薄く笑って箸《はし》を置く。

「ですが、東両国は人ならざる者が身を隠すにはいい場所です」

「やはりあれは本物の猫娘か？」

「猫娘に本物と偽物とあるのかわかりませんが。それで、それを私に話してどうしろと仰《おつしや》るのです」

ああ、と由太郎は頭を掻く。

「その、虎吉に遊びに来いと誘われたのだが、その、虎吉のことと、猫娘のことと、両方あって気が進まなくてな」

「なるほど」

「一緒に行ってはもらえないか？」

猫娘が現れたとしても現れなかったとしても、次嶺がいればどうにかしてもらえると思ったのだ。次嶺は意外そうな顔をしたが、すぐにいつものように笑った。

「一緒に行くだけですか。いいですよ。参りましょうか」

「本当か」

「ええ」

なるほど、なるほどと、次嶺は何か納得したように何度も頷いていた。

「東両国の猫娘ですか」

最後に茶をすすり、次嶺はそう呟いた。


三日後、両国橋の西側で待ち合わせた由太郎と次嶺は、長く弧《こ》を描く橋を東側へと渡っていった。まだ昼前だというのに、橋の上からもう盛況だ。橋の下は下で、多くの舟が橋脚《きようきやく》の間を行き来している。橋の途中、何やら人だかりがあると思ったら馨だった。川風に吹かれながら、器用に地紙を折っている。

「おう、由太郎か」

いつもは頭に被っている手拭いを、風に飛ばされないようにしっかりと首に結んでいる。

「そっちは誰だ？」

「次嶺だ。話したろう、錠前直《じようまえ》しの」

次嶺はぺこりと頭を下げた。

「ああ、あんたが。由太郎は使い物にならなかったろ」

馨の言い草に、次嶺は苦笑する。

「まあ、初めから当てにはしておりませんでしたからな」

「おい」

「それわかるぜ」

　お互いに目を合わせて頷き、労《いた》わるような目で由太郎を見るのが腹立たしく、わざと大きく咳《せき》払いをする。

「それより！」

「おうなんだ、でけぇ声出して」

「こんなところからもう仕事とは、ずいぶん熱心だな。東両国はまだ先だぞ」

「この風体だからよ、芝居の一座の者だと思われたらしい。客の方から寄ってくる。こりゃ今日は稼げそうだ」

　扇子の紙を張り替えて、いざ遊び尽くさんという客もいるのだろう。満足そうな馨に別れを告げ、人波に流されてぞろぞろと、由太郎たちはようやく橋を渡り切った。途端に喧《けん》騒《そう》に包まれる。呼び込み、三味線、太鼓に歌。歓声と笑い声とはあちこちの小屋から聞こえ、満員の客がみな満足していることもわかる。

「変わらないな、この町は」

　由太郎はしみじみと呟く。

見世物小屋の立ち並ぶ広小路は、明暦《めいれき》の大火のあとにつくられた火除地だ。大火の折、ここには橋が架かっておらず、隅田川の西側へ逃げられなかった人々が、およそ十万も死んだと言われる。そこで当時の将軍が両国橋を架けることを許し、同時に火除地も作られたのだ。

悲惨な記憶の宿る土地の上に見世物小屋は建てられ、今は活気と笑い声とに満ちている。不思議な場所だと由太郎は思う。広小路から溢れ出して、寺社の門前まで見世物小屋でいっぱいだというのに、不思議とそれが悪いこととは思えないのだ。

明暦の大火で死んだ人々が、紗《しゃ》を一枚隔《へだ》てた向こうでも、ひしめき合って笑っていそうだ。寺社の方も、それゆえ見逃しているのかもしれない。

「さて、猫娘を探しますか?」

「いや。まずは虎吉の勝駒一座を探そう」

次嶺も今日はさすがに道具箱を置いて来ていた。身軽になった次嶺は、なにかいつもと違って見えたが、どう違うのかはよくわからない。珊瑚《さんご》色の派手な着物は目くらましのように、次嶺の不思議な中身から目を逸らせる。

勝駒一座は東両国の端に仮小屋を並べていた。ほかの一座も集まっているため、昔見た仮小屋の群れと同じだった。呼び込みの男に話しかけると、由太郎のことを覚えていたらしく、すぐに虎吉を呼んできてくれた。

「由太郎！　よく来てくれたな！」

そう言って現れた虎吉は、先日の裃姿だったが、今日は裃と同じ柄の袴も穿いていた。

「立派ななりだな虎吉」

へへ、と得意げに笑って虎吉は両腕を広げる。

「これがほんとの蛇使いだからな。こないだ長屋で見せたのより、もっとすごいのを見せてやるよ」

虎吉は体を揺らして、ここにはない蛇の動きを見せようとする。妙にぴんと張った形の袴の中も、きっと仕掛けでいっぱいなのだろう。

「とはいっても、俺の出番は昼過ぎでよ。それまではこの格好で口上とかやってんだ」

「口上？　芝居の中でか？」

「芝居も呼び込みも、どっちもだ」

「忙しそうだな。じゃあ俺たちは一回りしてくるよ。久しぶりだからいろいろ見たいんだ」

そう言うと、虎吉が首をひねった。

「俺たち？」

「ん？」

振り向くと、次嶺の姿がない。

「あれ、あいつどこへ行ったんだ」

慌てる由太郎を見て、虎吉はうれしそうに言った。

「友達か？」

そう訊くということは、虎吉が現れたときにはもう次嶺はいなかったのだ。まったく、どこへ消えたのか。

「あの地紙売りの兄さんか？」

「いや、馨とはまた別の、まあなんというか、友達のようなものかもしれん」

「そうか。よかったよ。友達がたくさんいるんだな」

虎吉は満面の笑みを浮かべていた。その笑顔に胸の奥が締めつけられる。虎吉はいつでも由太郎のことを心底心配してくれている。

そのとき虎吉の後ろから、虎吉《とらき》っつぁんと声がして、ぬうっと血まみれの女が顔を出した。由太郎は思わず、飛びのくように一歩下がる。女は髪を振り乱し、首や口元から流れる血を拭って眉をひそめた。

「虎吉っつぁん、わっちはいっぺん湯屋へ行ってくるよ。拭いても血糊が落ちねぇのさ。体も冷えちまった。湯屋でとことんやってくるよ」

「おう、行ってきな。昼までには戻れよ」

「あいよ」

由太郎は眉を寄せ、口の両端を下げて呻《うめ》くように訊く。

「なんだ、あれは」

「ああ、生首のお孝《こう》だよ。あの格好で地面に掘った穴に入って、首から上だけ筵《むしろ》の上に出しとくんだ。それでたまに目をカッて開けたり、口を利いたりしてよ」

そう言って、虎吉はにやりと笑う。

「なんだ、怖がりなのは変わってねぇな」

「うるさい」

ごまかすように、由太郎はまた無理に咳払いをすると、

「それにしても生首とはな。勝駒一座の見世物には恐れ入る」

「そうだろう」

「あの姿で湯屋へ行くのか」

「ああ。首と胴とが繋《つな》がってるとこまで見られるんだから、湯屋で金を取りてぇくらいだ」

虎吉の減らず口に、由太郎は苦笑する。商魂たくましいとは、こういうことを言うのだろうか。

「猫娘も入ったんだったな」

「ああ」と、自慢げに虎吉は腕を組む。

「猫娘は勝駒一座の花形だからな。若くて美人の娘が入ったときにしかやらせねぇのさ」

「さっきのお孝は？」

「入ったときには猫娘、五年経《た》ったらろくろ首、十五年で生首さ」

その言い様がおかしくて、二人でげらげらと笑った。その一方で、由太郎は頭の隅で、お孝の大まかな歳《とし》をはじき出す。どうやらお孝は、由太郎の見た猫娘ではないようだ。そろそろ出番が近いらしく、向こうで虎吉を呼ぶ声が聞こえた。

「そうだ由太郎」

小屋へ戻ろうとした虎吉が、すぐに足を止めて振り返る。

「ここへ戻ってきてから、どうもおかしな噂を聞くんだ」

「噂？」と、由太郎は訊き返す。

「ああ。なんでも、馬や猫や鳥なんかの顔をした人間が、歩いているらしいんだが」

「猫の顔？」

思わずどきりとしたが、由太郎は平静を装って尋ねた。

「被り物かなにかか？」

いや、と虎吉は頭《かぶり》を振った。

「あんまり出来がよくて、被り物には到底見えねぇらしい。どこの一座の者かもわからねえ。人を驚かす気も悪さをする気もねぇみてぇで、ただぶらぶら歩いてたり、呼び込みの者に声ぇかけたりしてるそうだが、どうも気味《きび》が悪りぃ《わ》。気がつくといなくなってるそうだ。狐《きつね》かなんかが交じってるのかもしれねえ。化かされねぇように気ぃつけな」

最後にもう一度念を押して、虎吉は小屋の菰をくぐっていった。手を振りながら、由太郎の頭の中はかつて見た猫娘のことでいっぱいになっていた。

やはりあのとき見た猫娘は、見世物一座の芸人ではないのだ。

「おや、お友達は行ってしまいましたか」

「うわぁ」

考えに耽っていたところへ、急に肩口から顔を出され、由太郎は思わず声を上げた。心臓が跳ねたようだ。

「なんです、おかしな声を出して」

「次嶺、今までどこへ行っていた」

次嶺はにこりと笑うと、背後の人だかりを指し示した。

「籠細工、ものすごいのがありますよ。三国志の関羽《かんう》だそうです。なんでも大坂の名人が作ったとかで、高さが二十尺もあるそうですよ」

そう言う手にはかりんとうの袋を持っていて、ぽりぽりと齧《かじ》っている。

「かりんとう売りがおりました。昼間にいるのはめずらしいでしょう。大きな提灯《ちょうちん》につられて、つい」

次嶺はすでに東両国を満喫しているようだ。仕方ないなと笑って、由太郎は手を差し出す。

「一つくれるか」

「どうぞ」

「さて、なにから見るか」

かりんとうを齧りながら、二人は人混みの中へと繰り出した。


「さあさあ、曲馬《きょくば》のはじまりはじまり！」

広小路の中ほどでは、曲馬が行われていた。三味線や鼓の音に合わせ、男の乗った馬が踊っているかのように足踏みをしたり、並べた樽《たる》を飛び越えてみせたりする。うまくいくと一座の者が色とりどりの紙吹雪を撒《ま》くので、道はすっかり錦絵《にしきえ》のようだ。

すぐ隣の小屋では軽業が披露されていて、そちらからどよめきや歓声が沸き起こると、張り合うかのように、馬上の男は鞍《くら》の上に立ってみせた。さらには立ったまま、一座の仲間が放り投げた作り物の鎧兜《よろいかぶと》に着替えてみせたのだが、男が着替えている間、馬がずっと同じ場所をぐるぐると回っているのがどうにも滑稽で、見事だが同時に笑い声も起こった。その声にまた、五色の紙吹雪が宙を舞う。

曲馬の次は水芸、曲独楽《きょくごま》、覗きからくりに猿回しと、由太郎と次嶺は逸《はや》る心に任せて次から次へと広小路の見世物小屋を渡り歩いた。

懐かしい。それに、子供の頃に見て仕掛けのわからなかったものが、今見てもわからないのはどういうわけだろう。水芸と曲独楽が一体になった芸で、曲独楽師が扇から噴き出した水の上で独楽を回し始めたときには、思わず声が出てしまって次嶺に笑われた。

「じゃあ次嶺はあれをどうやっているかわかるのか」と訊くと、次嶺は笑いながら、いいえと答えた。よくもそれで人を笑えるものだと思ったが、そんなことはすぐにどうでもよくなった。曲独楽師が、次の独楽を取り出したのだ。

満足して小屋から出て、由太郎はふと思う。東両国とは、ずっとこういう場所なのかもしれない。いつまでたっても不思議が残っている町。だからいい歳をした大人たちも、飽きずに通い続けるのだろう。

それから白玉売りを見つけ、砂糖水に入った白玉を食べて休んでいると、次嶺が大きなあくびをした。

「さすがに疲れたか」

「少し眠くなってまいりました」

それはそうだろう、と由太郎は思う。めずらしく次嶺もはしゃいでいたようだ。

棒手振りの白玉売りに空の器《うつわ》を返し、勝駒一座の小屋の近くまで来ると、次嶺は道端の枝垂《しだ》れ桜の下に腰を下ろした。川沿いは風が冷たいからか、桜は遅い見頃を迎えている。

「私はここで花見をしておりますゆえ」

「なんだ、勝駒一座の見世物は見ないのか。まだまだあるぞ」

「見たいのはやまやまですが、膝が眠いと言って立ちませぬ」

そう言うと、次嶺は頭の後ろで両手を組み、枝垂れ桜に寄りかかった。その頭上をゆらゆらと、縦に連なった花が揺れている。

「仕方ない、なら俺一人で行ってくる」

返事もせずひらひらと手を振る次嶺の目は、膝に誘われたのかしっかりと閉じて、もう開きそうになかった。

菰掛けの小屋と小屋との間を歩きながら、由太郎は幟や看板を眺めていた。ろくろ首、生首、生け捕りの天狗《てんぐ》と近江《おうみ》で獲れた人魚は勝駒一座の幟だ。だが、これといって見たいとは思えなかった。何か、子供の頃のあの翳りを思い出してしまいそうだった。

己は母のような大人になってしまったのだろうかと、腕組みをし、考えながらぐるぐると歩いていた由太郎は、ふと顔を上げる。喧騒から急に離れた気がしたのだ。見回すと、周囲は菰掛けの仮小屋に囲まれていた。だが幟も看板もなければ、呼び込みもいない。ここは一座の者たちの仕度部屋や、寝泊まりをする小屋が集まっているところだ。

風が吹き、菰が一斉にざわざわと揺れた。菰の隙間から垣間《かいま》見た猫娘の姿が頭を過《よぎ》る。これではあのときと同じではないか。冷たい汗が首筋をつたい、きんと耳鳴りがした。いるのだろうか、あの猫娘が。

もう一度会えるのではないかという胸の弾むような心地と、猫娘の正体への好奇心と恐怖とが、複雑に混じり合う。おまけに、なんだか嫌な予感までする。

どこを背にするのも恐ろしい気がして、蟹《かに》のようにおかしな動きをしながら視線を左右に走らせていると、ちょうど見ていたのと反対の方向から来た何かと、どんとぶつかった。

「おう、悪《わ》りぃね、前を見てなかった」

あくび混じりの男の顔を見て、由太郎は悲鳴を上げそうになった。

「そ、あ、え」

「や、すまんすまん」

そう言って立ち去る男の顔は蠅《はえ》であった。

赤い目玉に額《ひたい》からは触覚が伸び、口はもぞもぞと気味悪く動いた。

額から汗がだらだらと、幾筋も冷たく流れる。蠅の顔をした男は、二つ先の仮小屋の角を右へと曲がった。由太郎はそっとそちらへ摺《す》り足で移動しつつ、男とは逆の方へと曲がると、一目散に走り出した。

思いきり叫びたいのに、喉がはりついて声が出ない。瞬《まばた》きもできず、目が乾いて痛かったが、由太郎はおかまいなしに走った。走った。長い髪が背につかないほどの速さで、派手な色の幟を目印に、往来の喧騒をひたすらに目指す。

通りへ出ると、次嶺の昼寝している桜の木を目指してまた走る。着いた頃には膝が笑っていた。

「おや、どうしました」

由太郎の顔を見てただならぬことと悟ったのか、次嶺はすぐに体を起こした。

「あ、ああの、今、はえ」

「はい？」

がくがくと震える膝を押さえ、切れ切れの息で由太郎は今しがたのことを話した。次嶺は至極まじめな顔で聞いていたが、聞き終えると、腰に下げた巾着《きんちゃく》から、何かをつまんで取り出した。

「由太郎殿、これを」

二本の指でつまんだそれは、初め見えなかった。目を凝《こ》らすと、一本の白い毛であることがわかった。弓のような形をした、ぴんと張りのある毛だ。

「なんだ？　これは」

震える手でおそるおそる受け取って尋ねる。

「狼《おおかみ》の眉毛にございます」

「狼の？」と、由太郎は思わずそれを体から離す。

「ああ、失《な》くさないでくださいね。大事なものです」

「しかし、狼と」

「ええ。それも、人の言葉を喋るほどに長く生きた古狼《ふるおおかみ》の眉にございます。それを目の上にかざして、そうですね、あそこの芝居小屋でも覗いてごらんなさい。けして声は上げませんように」

次嶺は人差し指を唇に当てて念を押すと、妖しく目を細めた。言われた通り、由太郎は近くの芝居小屋へ向かった。入り口から覗くと、中では歌舞伎の演目の勧進帳《かんじんちょう》が、かなり粗末な風体で演じられている。妙に太った弁慶《べんけい》に、妙に細い義経《よしつね》。義経はよく見たら女だった。見せ場の台詞《せりふ》回しも歌舞伎とはかなり違い、洒落や言葉遊びも多く、満員の客が笑い声を上げている。

そっと古狼の眉毛を目の上にかざしてみる。その瞬間見えたものに、由太郎は叫び声を飲み込むのに必死だった。後ずさりのまま次嶺のもとまで戻る。

「な、なんだ、あれは」

「見えましたか」

由太郎が見たのは、この世のものとは思えぬ光景だった。客も役者も、首から下は人間だが、頭は異形の者であった。

鶏《にわとり》、馬、蛙、蟬《せみ》、牛、たがめ、鯰《なまず》、雀《すずめ》。そのほかにも多種多様の生き物が見えるばかりで、頭まで人の姿をしている者はごくわずかだった。

「答えてくれ！　なんだ、あれは」

震える息で由太郎は尋ねる。

「あれが本性というものですよ」

「本性？　本性だと！」

「お静かに。少し落ち着きなされ」

「これが落ち着いていられるか！」

次嶺は億劫《おっくう》そうに息を吐いて笑うと、あぐらをかいた。

「表に見える顔とは違う、人の性根の奥の奥。見た目とは違う顔が、誰にでもあるものなのです。本性までが真の人間だという者は、思いのほか少ないのですよ」

その本性が、なぜ古狼の眉の毛をかざすと見えるのか。次嶺はこんな話をした。

あるところに、何をやってもうまくいかぬ、うだつの上がらぬ男がいた。女房には毎日のように怒鳴られ、友には見下され、奉公《ほうこう》先の主人には罵《ののし》られてばかりだった。

俺のような役立たずはいっそ、狼に食われて死のう。そう思った男は、山に分け入り、狼の巣穴の中で横になった。だが巣穴に戻ってきた狼は、一向に男を食おうとしない。不思議に思っている男に、狼は言う。

お前は真の人間だから、食うわけにはゆかぬ。

そして狼は、男に自分の眉の毛を一本渡してこう言った。

町に戻り、それを目の上にかざして女房や友や主人を見てみろ。

山を下りた男は言われた通り、眉の毛をかざして女房を見た。すると女房の顔は、人ではなく古鶏であった。男は慌てて逃げ出した。友の顔は牛、主人の顔は豚だった。男はわけも話さずに一目散に町から走って逃げたが、道行く人を見ても、古狼の眉毛をかざして見る限り、人間の顔をした者はいなかった。

山を越え、遠くの町へと辿《たど》り着いた男は、そこで眉毛をかざしても人間の顔をした娘を見つけて夫婦になり、人間の顔をした主人の下で働いた。

すると今までのことが嘘だったかのように、何もかもがうまくいくようになり、男は末永く幸せに暮らしたという。


「狼というのは、真の人間は食わないと言われております。だから本性から人間の者と、本性が畜生《ちくしょう》の者とを見分ける力があり、目の上の眉にはその力が宿るのだそうです。狼は男に、真の人間とだけ付き合うようにと眉毛を渡したのです」

由太郎は手の平に乗せた古狼の眉の毛をじっと見た。

「それは昔、烏《からす》からもらいました」

「遊び仲間のか」

「ええ。あの烏も口を利きました。あれも狼のように、長く生きて知恵を持った者だったようですね」

由太郎は往来へと視線を移す。芝居小屋の中がそうだということは、外を歩いている人々も同じなのか。

「おや、もう怖くなくなりましたか。思いのほか、慣れるのが早いですね」

それはおそらく次嶺のせいだ。川獺《かわうそ》に幽霊にと、続けて見ていれば慣れるというもの。今回は初めて見た目が人でないものだったから驚いたが、それでも次嶺がこんなにのんびりとしている限り、それで何かが起こるということもないのだろう。

次嶺がつまんだ指を目の上にかざす仕草をした。それに促されるように、由太郎は古狼の眉毛をかざして往来の人々を見る。

芝居小屋の外も同じだった。蛸《たこ》に虻《あぶ》、豚、猿と蛇とは肩を組み、とっくりを持って上機嫌に歩いていった。と思ったら、紫ずくめの格好をした鼠《ねずみ》が通った。眉毛を外すと、紫ずくめはやはり、前に日本橋の往来で見たいかさま医者だった。

「あいつめ、鼠だったか」

本性が鼠だからいかさま医者になるのか、いかさま医者をやっているから本性が鼠になってしまったのか、次嶺にもそれはわからないらしかった。

「眉毛をかざしても、赤子はみな人の顔をしているのですがね」

育っていくうちのどこかで、本性というものは変わってしまうらしい。

あちらもこちらもと見回していると、指先からぱっと眉毛を次嶺に取られた。

「あまりあちこち見ない方がいいですよ」

「なぜだ」

もっと見たくて子供のように手を伸ばす由太郎に、次嶺はにこりとしたまま言う。

「うっかり鏡でも見てごらんなさい。明日からまともに生きていけなくなりますよ」

笑って言われたものだから余計にぞっとした。追い縋《すが》ることもできずにいるうちに、次嶺は巾着袋に狼の眉毛をしまう。

「俺も、本性は人ではないのか?」

「さあ、どうでございましょう」と、次嶺はおもしろがるように薄く笑う。

「次嶺はどうなんだ?」

「さあ。烏にきつく言われておりましてな。私も鏡を見たことはございません」

次嶺の本性か。尋ねておいてなんだが、それを知るのは怖い気もした。

「ん? 待て、次嶺」

「はい?」

「俺は蝿の頭の男を、狼の眉の毛で見たわけではないぞ」

ああ、と笑って、たいしたことではないというように次嶺は言う。

「うっかり本性を現してしまったのでしょう」

「は」

由太郎は思わず目を丸くする。

そんなことがあるのだろうか。

「あるんですよ。特に今は春ですから」

次嶺はさらさらと揺れる枝垂れ桜を見上げる。

「暖かくなって、気が緩んだのでしょう」

「そんなことでか？」

「案外そんなものです、ひずみとは。それに、春の力というのは存外強いのです。眠っているものをみな起こすのですよ」

言われてみれば、由太郎がここで猫娘を見た日も春だった。誰もいない小屋の中で、春の暖かさを感じて気が緩んでいたのだろうか。

ということは、だ。狼の眉毛をかざして見るしか、あの娘を探す方法はないということか。

由太郎は、次嶺の隣にすとんと腰を下ろして呟く。

「本性の顔しか知らないのでは、見つけられないではないか」

次嶺が首を傾けてこちらを見る。

「例の猫娘ですか」

「ああ」

噴き出すように次嶺は笑う。

「おかしな人です。狼は真の人間だけを選んで付き合うようにと知恵を授けたのに、由太郎殿は初めから、本性が猫の娘を探している」

「そんなに笑うな」

「笑いますよ。なるほど、やはり片恋でしたか」

「うるさいぞ」

「なに、そのうち見つかりますよ。うっかり本性を見せる娘がいるかもしれませぬ」

そんな都合のいいことなどあるだろうか。由太郎はそう思ったが、次嶺はへらへらと笑っていた。

「もしくは、こちらから化けの皮を剝がしにかかるとか」

皮を剝がす、という言葉に、由太郎は解体新書を思い出す。

そうだ、人の頭の皮の下には頭蓋骨があり、脳があるはずだ。本性などと、まやかしではないのかと言おうとして、由太郎は己の脳裏を過った一枚の絵に寒気がした。解体新書の挿絵の一つだ。

人の頭蓋骨には、犬牙咬《けんがこう》のような筋が三本入っている。名前の通り犬の嚙んだ跡に似た筋が、前頂、頭頂、後頂にそれぞれ走っているのだが、由太郎にはその挿絵の線が、噛み跡というよりも縫い跡に見えた。

まるで誰かが頭蓋の中に何かを収め、骨を閉じて縫い合わせたかのような。

由太郎は身震いした。人の本性は、皮一枚剝がしたところではなく、頭蓋骨の奥にあるのだ。被せた骨を縫い合わせ、さらに皮を纏《まと》い、毛を生やし、何重にも本性を覆い隠して人は生きている。

そんなものがこの世には大勢いて、あの猫娘もその一人なのだ。

だがそうだとしても、猫娘を恐ろしいと思わないのだから、己も同じなのかもしれない。

由太郎はつい自分の頭を触り、己の頭蓋にもあるはずの、縫い跡に似た筋を探す。指で触れてわかるはずもないのに、その奥に、人ではない己の本性が隠されているのかどうか探ろうとする。

「いや、だがあれは誰の骨にもある筋だし」

「さっきから何をぶつぶつ言ってるんです？　ああほら、始まるようですよ。お友達の蛇使いが」

次嶺が立ち上がる。勝駒一座の呼び込みが、今日一番のいい声で客を集めていた。由太郎も腰を上げる。

勝駒一座の小屋へと急ぎながら、虎吉はきっと、狼の眉毛をかざしても人の顔をしているのだろうと思う。あれは情の深い、誇り高い男だから。

「さあさ、どなた様も寄ってらっしゃい見てらっしゃい！　東両国一、いいや日本一の蛇使い！　そうよ、勝駒一座の虎吉よ！」

拍子木《ひょうしぎ》が鳴る。祝い事のように鳴って幕が開く。そこにはいつものように、光るほどに眩《まぶ》しい虎吉の姿があった。

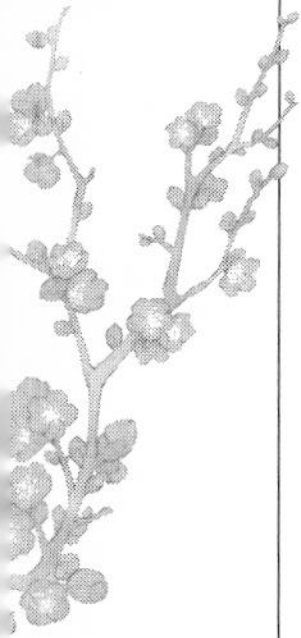

標《しるべ》の花

昨夜の雨も上がり、枝葉の先からは透き通った滴《しずく》が落ちる。滴はつつじの花に落ち、燃えるような色の花を揺らす。ぱんぱん、と音高く柏手《かしわで》を打ち、由太郎《ゆたろう》は目を閉じた。上野《うえの》山の木々には葉が茂り、小さな稲荷《いなり》の社《やしろ》には、白い木漏れ日が降り注いでいる。

足元の湿った賽銭《さいせん》箱を持ち上げてみると、じゃらりと音がした。中身は少ないが、それでもやはり参拝に来る者がいるようだ。賽銭箱は持ち去られることも壊されることも、ましてや鍵が開けられていることもなかった。次嶺《つぎね》に教えてやったら喜ぶだろうか。いや、そんなことは当たり前だと言うに違いない。爺《じい》様の作った鍵ですから。そんな声が、耳元で聞こえた気がした。

来年の初午《はつうま》稲荷には幟《のぼり》を奉納しようと決めて、由太郎は一対の石の狐《きつね》に背を向けた。寛永寺《かんえいじ》の伽藍《がらん》の裏を縫うようにして、湿った土を踏んで下りていく。次嶺のように身軽にはいかず、来たときの己の足跡を辿《たど》って慎重に下りる。


昨夜は医学書を読むのに熱中するあまり、気付いたときには行灯《あんどん》の明かりよりも外の方が明るくなっていた。夜の帳《とばり》の青白く上がるのを、由太郎は胸をざわつかせて見守っていた。何度も何度も、擦り切れるほど読んだ医学書に、時を惜しむようにまた目を落とす。何度読んでも、不安が拭《ぬぐ》い切れないのだ。

座敷には伊助《いすけ》が拵《こしら》えてくれた、引き出しが十八もある薬箱が置いてある。夜が明けたら、これを背負っていよいよ出かける。

乾いて瞼《まぶた》の裏に張りつく目の周りをよく揉《も》んで、涙が出てきたと思ったらあくびも出た。滴になった涙を拭い、外へ出る。日はまだ昇り切らず、辺りには霧が立ち込めていた。

ひんやりとした朝霧の中を、由太郎は長屋の奥へと歩いていく。井戸があり、芥溜《ごみた》めと厠《かわや》とがあり、それらから離れた反対側の隅《すみ》に、小さな稲荷の社がある。どの長屋にもある、家の守り神だ。由太郎はそっと手を合わせる。

これからどうなるのか、何もわからない。うまくいくのか、いかないのか。医者と呼ばれるようになるのか、父と同じように藪《やぶ》と呼ばれるようになるのか。それとも、続けられずにやめることになるのか。

気配を感じて目を開けると、傍《かたわ》らに奈津《なつ》がいた。同じように手を合わせ、目を閉じて祈っている。

驚いて言うと、

「お奈津さん」

「もう、これくらいで狼狽《うろた》えるんじゃないよ。あたしが祈ったらおかしいのかい？」

いつものようにぴしゃりと言って、奈津はゆっくりと目を開けた。

「あんたはやれることをやったらいいのさ。あーあ、隈《くま》なんざつくって。描いたようだよ。あんたは役者じゃないんだよ。医者なんだ」

上野山で、次嶺に色悪《いろあく》だと言われたのを思い出して頰《ほお》が緩んだ。しわを伸ばすように眉《み》間《けん》に触れる。

「そうですね。本当に」

お益《ます》と庄蔵《しょうぞう》も出てくると、まっすぐに稲荷の方へと向かってきた。庄蔵は白髪交じりの不精髭《ぶしょうひげ》の生えた顎《あご》をぼりぼりと掻《か》き、億劫《おっくう》そうに手を合わせる。

「由太郎の見立てで死人が出ませんように」

「庄蔵さん！　なにもこんな日に縁起でもないこと言わないでおくれよ！」

悲鳴のような奈津の言葉に、がらりと戸を開けて出てきた伊助が言う。

「ほっとけなっちゃん。ジジイってのはだいたい縁起でもねぇこと言うんだ」

「なんだとこら」

「やるかジジイ」

殺伐としたやり取りは、

「大丈夫、由太郎のせいじゃなくても、庄蔵さんはそのうち死ぬよ。どうせ死ぬ」

というお益のおっとりとした言葉でお開きとなった。言葉から滲《にじ》み出る静かな怒りが怖い。無言で顔を見合わせる庄蔵親子に見向きもせず、お益は熱心に稲荷を拝んだ。

瀬戸物《せともの》売りの夫婦の家からは、六つと四つの子供らまで出てきて、大人たちの真似《まね》をして手を合わせた。その様子を、由太郎は他人事《ひとごと》のように眺めていた。皆が自分のために拝んでくれている。そのことが不思議で、体のむず痒《がゆ》くなるようなうれしさが、じわじわと胸の奥から湧いてきた。

やわらかに朝日が差して、霧は光の雲のようだ。最後に木戸をくぐって現れた長治《ちようじ》は、手に筆と硯《すずり》とを持っていた。

「おう、なんだ。みんな早《はえ》ぇな」

足元ではにゃあにゃあと、猫たちが朝飯をねだっている。長治は稲荷の方へは来ずに、由太郎の家の前まで来ると、出入り口の腰板障子《しようじ》に大きく「医」と書いて丸で囲んだ。

「長さん」

「胸張って行ってこい、由太郎」

そうして皆に送り出され、由太郎は薬箱を背負って玉絹《たまぎぬ》長屋をあとにした。

「おう、遅《おせ》ぇぞ由太郎」

不忍池《しのばずのいけ》のほとりにある、川獺《かわうそ》の出た茶屋で由太郎を待っていたのは馨《かおる》だった。右には地紙《じがみ》売りの扇形の箱が、左には、由太郎の薬箱が置いてある。引き出しの中身は漢方だ。乾燥させた生薬《しょうやく》を、そのままの形のものと粗く砕いたもの、粉になるまで細かく砕いたものに分けてそれぞれ袋に入れ、引き出しに収めている。

しばらくは元徳《げんとく》の塾に通いながら、漢方医としてやっていくことにした。西洋医学の薬は高く、扱っている薬種問屋も少ない。漢方で使う生薬は、自分で育てたり山で採《と》ってきたりすることもできるので、手間さえ惜しまなければすべてを問屋に頼らずともある程度やっていけそうだ。

「すまない。さあ、行こう」

由太郎はずしりと重い薬箱を背負う。肩紐《ひも》は、疲れないようにと伊助が幅広に作ってくれた。

「寛永寺の裏からずっと下りてきたんだろ？　休まなくていいのか」

「ああ、平気だ」

「そうか？　おめぇはすぐ足が痛いとか言いそうだけどな」

馨は扇形の箱を肩に担ぐと、名残惜しそうな茶屋の娘たちににこやかに別れを告げた。その中にはあの吊《つ》り目の女もいて、由太郎がそれとなく川獺の化けた男のことを聞いてみると、あれ以来見ていないと答えた。

「似たようなのは来たのさ。違う男《ひと》だし、今度は銭《ぜに》が一枚増えてたけどね。同じことばっかり言ってにこにこしてさ。気味が悪いよ。あれもあんたたちの知り合いなのかえ？」

「たぶんそうだと思うが、そうではないかもしれないな」

次嶺の真似をして答えると、女は嫌そうに眉をひそめた。

違う川獺か、同じ川獺が別の人間に化けてやってきたか。銭が増えていたのなら、川獺も少しは学んだのかもしれない。それとも、川獺ではなく狐や狸《たぬき》だったのだろうか。人に化けるものはたくさんいる。

「あ、そうだ。馨、待ってくれ」

浅草《あさくさ》を目指して東へ行こうとする馨を呼び止め、由太郎は通りの向かいを指した。

「五條天神《ごじょうてんじん》。寄ってもいいか？」

稲荷にばかり手を合わせ、医学と薬の神をおろそかにしたのでは元も子もない。賽銭箱にちゃりんと銭を落として、二人並んで手を合わせる。

「ずいぶんと信心深《ぶけ》ぇな。山の上のお稲荷さんに、今行ってきたばっかりなんだろ？」

「いくら神頼みをしても足りないような気がするんだ」

由太郎は明るく言ったつもりだったが、そうは見えなかったらしい。肩を強く叩かれた。

「いいか由太郎、今日は髪を首に巻くんじゃねぇぞ」

「は？　なんだいきなり」

「いくら心細くても巻くんじゃねぇぞ。いいな？　ありゃみっともねぇ。そりゃあみっともねぇ。お医者のセンセってのは、あんなことはしねぇ。しねぇだけでお医者のセンセにも見えるってもんさ」

そう言ってからりと笑うと、浅草寺《せんそうじ》を目指して歩き始めた。

厳《おごそ》かな寺社町を先に立って歩きながら、馨はいつものように「地紙ぃー、地紙ーい」と、銀の鈴の声を振りまいていく。その合間に、今日は別の言葉も挟む。

「医者ぁー、医者もいるよーぃ」

寺社町に、馨のよく通る声が響き渡る。

「風邪、腹痛《はらいた》、江戸《えど》患《わずら》い、霍乱《かくらん》。コロリはさすがに町医者に行ってくれーって、なんで俺がここまで言わなきゃいけねぇんだ」

振り返り、馨は唇を尖《とが》らせる。

「わかってるって、俺が言うよ」

由太郎は苦笑してあとを引き継ごうとするが、何と言ったらいいものか。しばし迷ったあとで、馨に急《せ》かされて口を開く。

「徒歩《かち》医者ぁー、徒歩医者でござぁーい」

「ございってなんだ」と馨は笑ったが、由太郎はこれが気に入った。

「頭痛腹痛、宵《よい》っ張りで眠れない。お困りのことはございませんかぁ。徒歩医者でぇーございぃ」

歩き回って病人を診《み》る。そんな医者を始めたいのだと言うと、周吾《しゅうご》は首を傾《かし》げつつ賛同してくれた。

「うちの診療所を手伝うという手もあるが。父上も喜ぶだろうし」

そう口には出したものの、由太郎の返事を聞く前から、答えはわかっているようだった。諦《あきら》めたように笑っていたのだ。

「自分一人でどこまでできるか、一度やってみたいんです。情けない話ですが、俺は、自分で強く思わなければ何もできない男なんです」

寿徳庵《じゅとくあん》に置いてもらい、思ったような医者になれなかったら、己のことだ、今度は元徳や周吾のせいにしてしまうかもしれない。それでは今までと変わらない。今はすべてを一人で背負って、自《みずか》ら動かなければならないときなのだ。

「まず、医者になること。それが始まりだと思うのです。まだまだ修業中ですし、順序が逆にはなってしまうのですが」

「父上の塾には、これからも来るのだろう?」

「もちろんです!」

即答すると、周吾は頷《うなず》いた。

「ならば、順序など違ったとてどうということもない。どうせ医者は一生修業の身だ。すべてを学び終える日など来ないのだからな」

次から次へと、新しい治療法や薬が考え出される。長崎で、最も進んだ医学を学んできた周吾の言葉は、由太郎の中に重く響いた。

「はい」

「お前は昔からよくやっているよ。あとは経験を積むことが大事だ。人の体はそれぞれ違うから」

ぽん、と周吾は由太郎の肩を叩く。

「はい」

「薬は足りるか?」

「ええ、なんとか。安いものだけ仕入れました。あとは山で採ったり、長屋に植えて作ります」

「同じ植物でも種の違いには気をつけるように。毒になるものもあるから、これは薬だとしっかりと見分けられるものだけ使うこと。それに値の安いものは効きが悪いこともある。そういうときは私や陽堂《ようどう》に言いなさい」

「陽堂さんに？」

いつも由太郎をからかってばかりの陽堂の名が出たことに驚いていると、周吾は困ったような笑みを浮かべた。

「陽堂はお前が思うよりもずっと、お前のことを気に入っているのだ。由太郎のためなら、高麗人参《こうらいにんじん》でも冬虫夏草《とうちゅうかそう》でも手に入れてきてくれるさ。まあ面と向かうと逃げたくなるのはわかるが」

それからずいと顔を近付けて、真剣な顔で言う。

「いいか、陽堂に誘われても色町へは行くんじゃないぞ。医者が梅毒《ばいどく》に罹《かか》っていたら洒落《しゃれ》にならん」

そう言ってまた、春の日差しのように笑う。周吾はいい医者なのだろうと由太郎は思う。人を安心させる顔をする。陽堂もきっと、由太郎が知らないだけで、医者としての良い一面があるのだろう。小田島《おだじま》家だって本当に陽堂が仕方のない遊び人なら、優秀な者を養子に取るくらい、いくらでもできる家柄なのだ。

礼を言うことしかできず、何度も頭を下げる由太郎に、周吾はそのあとも目一杯の励ましの言葉をかけてくれた。

あまりにも人に恵まれていると思う。けれど、少し前までは皆苦手だった。周吾にも陽堂にもできるなら会いたくなかったし、長治も奈津も馨も、皆が味方だと思ったことはなかった。長治や奈津と話していても、肩身の狭さで心から笑えなかったし、馨なんて怖かったくらいだ。

なのに馨は今日、口にこそ出さないが、心配してついて来てくれた。自分の常連客まで紹介してくれて。

いつからこんな風になったのだろう。周りも自分も。

「徒歩医者でござぁーい」

あ、と微《かす》かな声がした方を見ると、男たちが笑いを堪《こら》えるように手を口に押し当て、にやにやと由太郎の顔を見ながら過ぎ去った。

「ありゃあれだろ、あの顔は。そうだ鷹原《たかはら》の、藪のせがれだ」

「とうとう屋敷もなくしたのか」

「惨《みじ》めなもんさ、藪ってぇのは」

変わらない者もいるのだなと、由太郎は横目で男たちの姿を追う。

「気にすんなよ」と馨が言う。

「気にしてなんかないさ」

「強がるなよ」

「強がっちゃいない。顔のせいで目立つなら、それも悪くないと思ったんだ。看板代わりにさ」

「ふうん」

馨は腑《ふ》に落ちない様子で頷いたかと思うと、

「まあ、おめぇより俺だけどな」と、不服そうに呟《つぶや》いたので、由太郎は思わず噴き出した。

由太郎の方が目立つのが馨は気に入らないのだ。それもそうだ。注目を集めるために、若衆髷《しゅまげ》に化粧までしているのだから。

「そうだな」

「笑ってんじゃねぇか」

馨の性分が少しずつわかってきた。負けず嫌いだ。馨の方が目を引くし、人気の差は天と地ほどもあるというのに。先ほどの男たちだって、初めは何事かと馨を見て、それから隣を歩く由太郎に気付いたのだ。

「ほれ、いくぞ」

「ああ」

「地紙ーぃ、地紙ぃー」

「徒歩医者でぇーござぁーい」

何かわくわくするものが込み上げて、由太郎の声は自然と大きくなった。ゆっくりと下駄を運びながら、己は医者になったのだと、江戸中に知らせるように声を出す。

「兄さん、医者ってのは本当かい」

届いたのは由太郎の声か馨の声か、浅草寺も近い浅草三間町《さんげんちょう》で二人を呼び止めたのは、眉を八の字に下げた男だった。

「うちのがよ、ゆうべから頭が痛《いて》ぇって言っててよ。寝てもよくならねぇんだ。診てもらえるかい」

「伏せってますか」

「いや、そこまでじゃねぇんだが、何かちっと動いちゃぁ寝てるよ」

男の案内で近くの長屋まで行くと、二十半ばの女房が、ぐったりと座り込んでいた。小さな娘が心配そうに付き添っている。訝《いぶか》しげな顔をする女房に、由太郎は言う。

「医者です。診せてください」

口ではそう言っても、とても医者には見えない。そもそも薬箱を背負い、医者だ医者だと名乗って歩く医者などいない。眉を寄せたままの女房に、診てもらわなきゃ治らねぇからと、亭主が急かす。

「では、まずは口を開けて」

信頼はこれから得なければ。一つずつ、積み上げるのだ。

舌の色を見る。少し赤みが強い。顔色はやや白く、熱があるようだった。手首の脈をとって確かめる。触れただけで拍動を感じるほど脈が浮いているのは、やはり熱のある証拠だ。

「頭が痛いと聞きましたが」

「ええ、ゆうべから」

「寒気は？」

「ゆうべは背中がぞくぞくっとしたけど、今は平気」

昨夜は雨が降っていて、急に冷え込んだ。

「痛むのは頭だけですか？　喉《のど》や腹は」

女房は首を横に振る。

「動くのがつらそうだ」

「ええ。体がどうにも。億劫で水も汲《く》めやしない」

手首の脈は張り詰めてぴんとしている。熱は冷えから来たのだ。体を温めた方がいい。見たところ咳《せき》や鼻水は出ていないようだし、風邪の軽いものだろう。熱が上がる前なら、まずは桂枝湯《けいしとう》で様子を見よう。

由太郎は薬箱の一番大きな引き出しから、手の平ほどの皿を取り出した。紅梅の描かれた、九谷焼《くたにやき》の例の皿だ。棚の上でずっと眠っていたその皿を、由太郎は外へと連れ出した。布きれで皿を拭き、匙《さじ》で次々に、粗く砕いた漢方を取り出しては皿の上で混ぜ合わせる。

たとえ売ろうとも捨てようとも、きっと手元に戻ってくるであろう因縁めいたこの皿を、由太郎は相棒と決めた。

今ならわかる。この皿はきっと、由太郎が医者になれるかどうかを見届けるためについてきたのだ。

桂皮《けいひ》、芍薬《しやくやく》の根、大棗《たいそう》の実、生姜《しようきよう》、甘草《かんぞう》の根。桂皮の甘い香りがふわりと漂い、小さな娘が皿を覗《のぞ》き込んだ。

「いい匂いだろ。ニッキさ。飴《あめ》にするやつ」

「うん」

「でもこれは薬だから、苦いんだ」

そう言うと、娘は座ったまま後ずさりした。

体を温めるには生姜と桂皮はもってこいだ。香りもよく飲みやすい。芍薬は血の道にも効く生薬で、女とは相性が良い。できあがった桂枝湯を小さな布袋に匙で分け、その布袋を三つ作る。

「桂枝湯です。これ一つをじっくり煎《せん》じたら、朝昼晩に分けて飲ませてください。飲ませたら体が熱くなりますから、厚着をさせて汗をかかせてください。汗はきちんと拭いて、あとはよく寝ることです。それでもよくならなければ、あさってまたここを通りますから、呼び止めてください」

紙の袋に桂枝湯を入れ、筆でさらさらと薬の名を書いて渡し、男から銭を受け取る。町医者にかかるより安く、いいのかと男は驚いて言ったが、由太郎は頷いた。

「その分、精のつくものを食べさせてやってください。それが一番早く治ります」

亭主と女房はほっとした様子で顔を見合わせ、娘は笑った。

「おっかさん、治るって」

娘のその顔が何よりうれしかった。皿と匙とを丁寧《ていねい》に拭い、片付けて長屋を出ると、木戸の外で馨が待っていた。

「よお、医者らしかったじゃねぇか。ずいぶん腰の低い医者だったけどな」

にっと笑う。外で話を聞いていたらしい。

「治りそうか」

「たぶん」

「なんだ、はっきりしねぇな。どうせただの風邪だろう？　今朝は冷えたもんな。俺だって腹ぁ下したんだ」

　由太郎は首を横に振る。

「病とはそういうものだから。風邪だからといって、すぐに治るわけじゃない」

　治りそうかと、訊《き》きたいのは由太郎も同じだ。風邪という見立てで合っていたか。薬は桂枝湯でよかっただろうか。もっと強いものの方がよかったのではないか。だが強い薬は体に悪い。今はまだ、桂枝湯以上のものは飲ませられないはずだ。

　周吾に確かめに行った方がいいだろうかと考えたとき、馨がぽんと肩を叩いた。叩かれて初めて、由太郎は己が震えていたことに気付く。馨は笑って言った。

「だいたいまじめすぎんだよ由太郎は。もっと気楽にやってこうぜ。治るも八卦《はっけ》、治らぬも八卦。死ぬも死なぬも仏《ほとけ》の気まぐれ。風邪で死んだら、それはもうとっくの昔に決まってたことさぁ」

　そう言うと、ひらりと体を翻《ひるがえ》して前を歩く。医術も薬も賭《か》けではないのだ。そう言おうとしたが、馨の背中はなんだか頼もしくて言いそびれてしまった。少なくとも、今の言葉で由太郎の心は軽くなった。昨日のことも明日のことも、くよくよと悩んでいたらこちらの体が悪くなると、杉田玄白《すぎたげんぱく》も言っている。馨の方が医者に向いていたりして、などと思いながら、袖《そで》についていた生薬の粉を払う。

「冷え腹なら胃苓湯《いれいとう》でも作ろうか。生姜と桂皮が入っているから体が温まる」

「ああ？　いいよ、そんなん」

「食い物にあたったときにも効くから、持ってるといいぞ」

「縁起でもねぇな」

でも、と言って馨は歯を見せて笑った。

「その意気やよし、だよな。いいじゃねぇか、おめぇ」

初めて馨と会ったとき、自分があまりに使い物にならなかったことを思い出し、由太郎は眉を寄せて笑った。

そのあとも浅草寺の周りで、皮膚《ひふ》のかぶれに効く薬や、寝付きをよくする薬などを処方した。浅草にも大きな火除地《ひよけち》があり、東両国《りょうごく》のように娯楽の集まる土地柄、二日酔いに効く五苓散《ごれいさん》が喜ばれた。

「ああ、助かったぜ。どうにもよくねぇ。頭がぐわんぐわんしてよぉ、まるで釣鐘ん中にでも入ったようだ」

「放っておいても明日には治りますが、これを飲めば今日のうちからだいぶ楽になりますよ」

溜まった水を排出してむくみを取る生薬、沢瀉《たくしや》や茯苓《ぶくりよう》の作用で体がすっきりとする。沢瀉は植物の根にできる芋のような塊《かたまり》を、茯苓は地中のきのこの菌核《きんかく》を、それぞれ乾燥させたものだ。そこに桂皮や朮《おけら》の根も混ぜる。調合するたびに、紅梅の皿が少しずつ、自分に馴染《なじ》んできたような気がする。まるで手伝ってくれているかのようだ。

浅草寺の門の脇で薬を調合して売っていたら、あっという間に人だかりができた。二日酔いの者と、馨のようにゆうべの冷え込みで腹を下した者とが、代わる代わる五苓散と胃苓湯を求めてきた。

薬売りと思われたらしく、初めは、兄さん、兄さんと呼ばれていたが、簡単な診察をしながら薬の調合をしているうちに、誰かが「先生」と呼んだ。

不思議な心持ちだった。うれしいけれど、まだ早い。そう呼ばれることの怖さが身に染みる。

「鷹原のせがれかい」と、薬を求めてやってきた一人の老人が訊く。

「ええ、そうなんです」

由太郎はどんな顔をすべきかわからないまま答えた。

「そうかい、励みな」

短い、しかし冷たくはない言葉を置いて、老人は薬を掲げるように持って人の輪から去っていった。

入れ替わりに近付いてきた馨が、にっと笑って片手を上げる。

「一人で平気そうだから、俺ぁよそへ行くぜ」

「え」と、由太郎は調合の手を止めて声を出す。

「だってよぉ、ここらで俺の仕事、もうなさそうだからよ。おめぇももう一人でやれんだろ？　じゃあな、あとで玉絹長屋でな」

「あ、おい、馨！」

由太郎の答えを待たず、馨は牛若丸《うしわかまる》のような身のこなしで人の輪の外へ出て行った。それをどうこう言う間もなく、由太郎はまた診察と薬の調合に追われた。

「兄さんまた来てくれよ」と、最後の客が言う。桂皮が終わってしまったので、今日はここまでだ。

「ええ、また来ますよ」

忙《せわ》しなく調合したから、生薬を飛び散らかして少し無駄にしてしまった。次はもっと効率よく診られるよう、あらかじめ作れるものは作っておき、病人には並んでもらおう。

「頼むよ。ああ、兄さんなんて呼んじゃ悪かったか、ちゃんと診てもらったのにな。先生か」

最後に来た大柄の男は、薬の袋をこちらに見せるように振り、雷門《かみなりもん》を通って浅草寺へと入っていった。

由太郎は黙々と片付けながら、唇を噛《か》んでいた。

ああ、どうしてもっと早く、こうできなかったのだろう。ただ医学書を読んでばかりだった日々が悔やまれた。薬箱の中に一つだけある、次嶺が鍵をつけてくれた引き出しは銭でいっぱいだ。これで溜まった店賃《たなちん》も、今月の店賃も払える。もちろん、桂皮やほかの生薬も仕入れなければならないから、財布はまた空になるけれど、以前のような、何一つ生まれない空っぽに比べればはるかによかった。

薬箱を背負うと、今度は何も言わずに歩いた。歩きながら、終わってしまった生薬の名を、紙に書き連ねていく。桂皮と生姜、乾姜《かんきよう》はいろいろな薬に必要だからたくさん仕入れなければ。遊興地へ行くなら沢瀉と茯苓もたくさんいると今日わかった。だがこちらは少し値が張る。あまりそういったところへ行かず、しばらくは長屋を回るくらいの方がいいだろうか。しかし、稼げるのは浅草や東両国といった盛り場だろうし。

薬の種類は多い方がいい。高いが、蟾酥《センソ》もすぐに使えるものを手元に置いておいた方がいいかもしれない。

少し前に次嶺と、蟇蛙《ひきがえる》を山ほど捕った。蟇蛙の背中の分泌腺を摑《つか》むと、そこから白い粘り気のある液が出る。ガマの油だ。それを二年も乾かすと蟾酥《センソ》という薬ができ、心臓に効くほか、気付け薬にもなる。

ガマの油は長屋の縁側で乾かしてはいるが、素人《しろうと》の作ったものが果たして薬として使えるのかどうか、二年後までわからないのが痛い。ためしに舐《な》めてみたら、今まで口にした何よりも苦く、座敷をさんざんのたうち回った挙句、しばらくは舌が痺《しび》れて使い物にならなかった。毒ということがなければいいが。

悩みながら浅草から南へ歩いていると、すれ違った若い女が、背後であっと声を上げた。振り向くと、女は風呂敷包みを抱えて困ったように足元を見ている。草履《ぞうり》の鼻緒が切れたようだ。

「直しましょうか」

そんな風に声をかけるのは自分らしくないなと思う。先生と呼ばれて、薬が売れて、調子に乗っているのだろうか。そうと気付いたら、急に恥ずかしくなった。

「ご親切に」

女が小さく頭を下げるので後に引けなくなり、肩を貸して、由太郎は皿を拭くときに使った布きれを裂いて鼻緒の代わりにする。黒目がちの横に長い目と、それに沿う眉が印象的な女だった。歳《とし》は二十三、四といったところか。奈津と同じくらいだろう。潰《つぶ》し島田《しまだ》に髪を結い、格子《こうし》柄の小袖《こそで》を着ている。

「薬の匂いが」と、女は由太郎の格好や薬箱を見回した。

「ええ、その、医者を」

「お医者さまですか」

「今日から名乗っております」

「まあ、お若いのに」

早く片付けてしまおうというときに限って手間取る。女もじれったくなったか飽きたのか、裸足《はだし》の左足を右足の甲《こう》に乗せたまま、辺りを見回し始めた。

「あら、つぎね」

「えっ」

思わず振り向くと、肩を貸していた女がよろけた。慌てて謝り、尋ねる。

「次嶺と言いました?」

「ええ」

女は道端の花を指差した。萌黄《もえぎ》色の舟形の葉に包まれ、その中心で白い花が咲いている。

花といっても、栗《くり》の毬《いが》のような形の変わった花だ。緑色の丸い芯に密集して生えている細く白いものは、花びらに見えるが実は雄《お》しべだと聞いたことがある。

「あれは、一人静《ひとりしずか》では？」

言ってから気付いた。源《みなもとの》義経《よしつね》に寵愛《ちょうあい》された静御前《しずかごぜん》の舞う姿から名付けられた花だが、花は静御前よりもずっと前からこの世にあったはずだ。女は由太郎の言葉を否定するでもなく言う。

「昔、先生が、もう一つ名があると」

「先生？」

「三味《しゃみ》の先生。万葉集の歌が好きでした」

万葉集。風雅なことには疎《うと》い由太郎も、覚えている歌がある。もしやと思い、言ってみる。

「つぎねふ山背道《やましろぢ》を、他夫《ひとづま》の、馬より行くに、己夫《おのづま》し、徒歩《かち》より行けば、見るごとに、音《ね》のみし泣かゆ」

嶺《みね》の連なる山背の道を、よその夫は馬で行くのに、己の夫は徒歩で越えて行くので見るたびに泣けてくる。

女は懐かしそうに微笑《ほほえ》んで続きを引き取る。雲雀《ひばり》のようないい声をしていた。

「そこ思ふに、心し痛し、たらちねの、母が形見と、我が持てる、真澄鏡《まそみかがみ》に、蜻蛉領巾《あきづひれ》、負《お》ひ並《な》め持ちて、馬買へ我が背《せ》」

そのことを思うと心が痛む。母の形見と私が持っている、澄んだ鏡と蜻蛉《とんぼ》の羽のように薄い布とを一緒に背負って行って、どうか馬を買ってください。

女は一つ息をついて言う。

「つぎねという言葉には二つ意味があるそうです。連なる山の嶺と、あの白い花の名前と。私は一人静より、つぎねの名前の方が好き。暗い山道を、足元を照らすように、ぽんぽんと白く、咲いていたのでしょうね」

なるほど。つまり「つぎねふ山背道」とは、つぎねの花の咲いた山背の道、という意味もあるのか。

「歌が上手《うま》いですね」と、間を繋《つな》ぐように言うと、女は恥ずかしそうに答えた。

「若い時分、芸人の一座におりまして、芝居やら歌やらいろいろと仕込まれたのです。もう七、八年も前のことですけれど」

ようやく鼻緒を直し終えると、女は礼とともにこんなことを言った。

「つぎねの歌にはまだ続きがあるのをご存じ？」

いいえ、と答えると、楽しそうに女は言った。

「先生、またどこかでお会いできますように」

北へと向かう女の背を見送りながら、たまには万葉集でも開いてみるかと思う。本といえば医学書しか頭に浮かばぬ暮らしを送ってきたから、歌などからきしだ。

女の諳《そら》んじた歌の続きには、蜻蛉の羽のように薄い布が出てきた。まさかな、と思いつつ、由太郎は道端のつぎねの花に目を落とす。

次嶺に名を与えた爺様は、一体どこまで知っていたのだろう。

蜻蛉領巾《あきづひれ》の出てくる歌から次嶺の名を取ったのは、はたして偶然なのだろうか。

「ん？」

先ほどの女、七、八年前に芸人の一座にいたと言ったか？

もしやと思い慌てて駆け出すが、四《よ》つ辻《つじ》に行き当たり足を止める。由太郎の来た道を除く三方、どこを見ても女の姿はなかった。由太郎は頭を抱えてしゃがみ込む。

もっと詳しく聞いておけばよかった。せめて東両国にいたのかどうかがわかれば。今はどこにいるのだろう。髪を潰し島田に結っているということは、亭主はいないようだ。独り身だ。

「こんなときになぜ次嶺はいないんだ！　せめて狼《おおかみ》の眉さえあれば」

思わずそう口に出す。あまりにも強く願ったせいか、耳にはあの蝶番の音が聞こえてきた。そしてなぜだか、その音は次第に大きくなっていく。

まさかと思っていると、背後の道から姿を見せたのはやはり次嶺だった。じゃらり、じゃらりと、今日も道具箱の蝶番を揺らして歩いている。由太郎はぎょっとして、目を見開いたまま固まった。

「錠前屋《じょうまえ》でござぁーい」

頭を抱えてしゃがみ込んだままの由太郎に気付き、次嶺は眉を寄せる。

「こんなところでどうしました由太郎殿。腹痛《はらいた》ですか？　道の真ん中で見苦しいのは勘弁」

「違う！」

立ち上がった勢いそのままに食ってかかる。

「なぜこんなところにいる？　いや違う、なぜ今来るんだ。どうせ来るならもっと早く来てほしかったものを……遅いぞ、次嶺！」

「遅いもなにも、約束などしておりましたか」

ぽかんとする次嶺に、由太郎は今しがたの出来事を話す。はあ、と聞いていた次嶺は、たいして表情も変えずにのんびりと言う。

「なに、江戸にいればまた会えましょう。そう広い町ではございませんから」

そうだろうかと、由太郎は空を仰ぐ。

「今日だってほら、私とたまたま会ったじゃありませんか」

「本当にたまたまか？」と、由太郎は訝しげに次嶺に目をやる。

「どういう意味でしょう」

「俺がここにいるとわかっていたのではないか」

そうでなければ、今このときに現れるだろうか。女の口からつぎねの名が出て、由太郎は今ここに次嶺がいればと願ったところだ。だが次嶺は心外そうに唇を尖らせた。

「いるとわかっていたら、別の道を選んだでしょうに」

「どういう意味だ」

「さて、どういう意味でございましょうかね」

ごまかすように笑い、次嶺は由太郎の背負った薬箱に目を留めた。

「おや、今日からでしたか」

「ん、ああ」

次嶺はにこりと笑う。

「道は、開けましたかね」

道。医者の道か。今までのいろいろを思い出し、由太郎は苦笑する。

「ああ。やっとだ」

「それはようございました」

薬箱を背負って歩き出すまで、ずいぶんと長くかかった。次嶺はさらりと言うけれど、由太郎一人では、とてもここまで辿り着けなかった。

「次嶺にも、ずいぶんと世話になったな」

思いのほか神妙な声が出て、気恥ずかしさに慌てていると、次嶺はわざとらしく驚いてみせた。

「おや、由太郎殿がそんなことを。大事な鍵が開いているのではございませんか」

そう言われて、由太郎は思わず背中の薬箱を振り返る。背から下ろして鍵付きの引き出しを確かめると、鍵はしっかりと掛かっていた。

「次嶺、おかしなことを」

顔を上げると、次嶺の姿はすでになかった。辻を曲がったようで、どこからか、錠前屋でございい、の明るい掛け声が聞こえている。

まったく困ったものだと、由太郎は薬箱を背負い直す。

引き出しの鍵は閉まっていても、別の鍵はたしかに開いたのだ。

医者の道を開く鍵。ツメの折れたまま放り出されていたその鍵を直してくれたのは、やはり次嶺なのかもしれない。柔らかく茜《あかね》色に光る銅の鍵は、やがて鉄の鍵になる。

錠前屋でござい。遠く背中に聞こえる声に応《こた》えるように、由太郎も口を開く。

「徒歩医者でぇーござい」

何も次の初午稲荷まで待つこともないか、と由太郎は赤い幟を頭に思い描いて歩く。しっかりと地べたを踏みしめて、道標《みちしるべ》のような、白い花の咲く道をゆく。


〈了〉

引用・参考文献

『一日江戸人』杉浦日向子著（新潮文庫）二〇〇五年
『絵から読み解く　江戸庶民の暮らし』安村敏信監修（TOブックス）二〇一五年
『江戸商売図絵』三谷一馬著（中公文庫）一九九五年
『狼の民俗学　人獣交渉史の研究』菱川晶子著（東京大学出版会）二〇〇九年
『新装版　解体新書』杉田玄白著　全現代語訳　酒井シヅ（講談社学術文庫）一九九八年
『新装版　重ね地図で江戸を訪ねる　上野・浅草・隅田川歴史散歩』東京都台東区発行（人文社）二〇一二年
『世界の鍵と錠』赤松征夫・加藤順一・浜本隆志・二上敏夫・松本次郎著（里文出版）二〇〇一年
『鳥山石燕　画図百鬼夜行全画集』鳥山石燕著（角川ソフィア文庫）二〇〇五年
『日本の幻獣図譜　大江戸不思議生物出現録』湯本豪一著（東京美術）二〇一六年
『百物語』杉浦日向子著（新潮文庫）一九九五年
『ビジュアル版　東洋医学　漢方薬・生薬の教科書』花輪壽彦監修（新星出版社）二〇一五年

『まるわかり　江戸の医学』酒井シヅ監修（ワニ文庫）二〇一一年
『万葉の花　四季の花々と歌に親しむ』片岡寧豊著（青幻舎）二〇一〇年

協力

金庫と鍵の博物館　代表・杉山泰史様

※この作品はフィクションです。実在の人物・団体・事件などにはいっさい関係ありません。

集英社オレンジ文庫をお買い上げいただき、ありがとうございます。
ご意見・ご感想をお待ちしております。

● あて先
〒101-8050　東京都千代田区一ツ橋2-5-10
集英社オレンジ文庫編集部 気付
佐倉ユミ先生

ツギネ江戸奇譚

―藪のせがれと錠前屋―

集英社 オレンジ文庫

2020年4月22日　第1刷発行

著　者　佐倉ユミ
発行者　北畠輝幸
発行所　株式会社集英社
〒101-8050東京都千代田区一ツ橋2-5-10
電話【編集部】03-3230-6352
【読者係】03-3230-6080
【販売部】03-3230-6393（書店専用）
印刷所　凸版印刷株式会社

※定価はカバーに表示してあります

ISBN 978-4-08-680316-8 C0193